细笔新悟红楼梦

侯宇燕◎著

新世界出版社
NEW WORLD PRESS

图书在版编目（CIP）数据

细笔新悟红楼梦 / 侯宇燕著. — 北京 : 新世界出版社, 2016.4

ISBN 978-7-5104-5624-4

Ⅰ. ①细… Ⅱ. ①侯… Ⅲ. ①《红楼梦》研究 Ⅳ. ①I207.411

中国版本图书馆CIP数据核字(2016)第050207号

细笔新悟红楼梦

作　　者：侯宇燕
责任编辑：黄　倩
责任印制：李一鸣　黄厚清
出版发行：新世界出版社
社　　址：北京西城区百万庄大街24号(100037)
发 行 部：(010)6899 5968　(010)6899 8705（传真）
总 编 室：(010)6899 5424　(010)6832 6679（传真）
http://www.nwp.cn
http://www.nwp.com.cn
版 权 部：+8610 6899 6306
版权部电子信箱：nwpcd@sina.com
印　　刷：北京天宇万达印刷有限公司
经　　销：新华书店
开　　本：787mm*1092mm　1/32
字　　数：201千字　印张：8.375
版　　次：2016年4月第1版　2016年4月第1次印刷
书　　号：ISBN 978-7-5104-5624-4
定　　价：34.00元

千年一见魏王才，落拓人间未可哀。
天厚虞卿兼痛幸，地钟灵石半庄诙。
朱灯梦笔沉残稿，翠崦寻痕涨锦苔。
曾是青蝇涂白壁，为君湔浣任渠猜。

——周汝昌《咏曹雪芹》

薄命女
偏逢
薄命郎

賈寶玉夢游太虛境

賈夫人
仙逝
揚州城

接外孫賈母惜孤女

目 录

目　录

目　录

目　录

自　序

这本薄薄的小书，算是我的红楼“志业”之作，其中部分篇章《海燕·都市美文》散见于《文汇报》《北京青年报》《威海晚报》《社会科学论坛》等各类报刊。《赏花时》一文还获得2006年《北京青年报》“文史悦读征文奖”。如今结集出版，真个要不揣浅陋，与读者见面了。

何以称之为“志业”？这是一种情怀志趣。贾宝玉是“枉入红尘若许年”，叹恨“无材可去补苍天”。古人亦云：“不为无益之事，何以遣有涯之生？”此即“志业”。

随着年龄的增长，我对《红楼梦》的兴趣是越发浓厚了。我为什么爱读《红楼梦》呢？我乃草根一个，上三代没出过贵族，坦白来讲，对贾宝玉林黛玉的爱情也不感兴趣。我爱看具有哲学背景的悲剧小说。除却《红楼梦》，我最爱读的就是聂绀弩的旧体诗（虽然我自己是半句诗也诌不得的）。自私些说，看了这些哲人笔下无数人生的悲剧，自己心底的难过、压力就能释怀一些，也能看清一些总体论的东西。

所以这些年，无数次阅读人民文学出版社以庚辰本为底本整理的《红楼梦》，每有所得，辄于书边空白处录下数行感想，以“专题”出之；还试着写了些考证，本是“专文”，后亦归入“专题”，却也不长。刘心武先生说拙作“独具只眼，文心如绣”，后者实不敢当，但确实有些并不武断的假设和推论，若干细节和脉络，是自来言红楼者所未及也。

记得那多是在静谧的中午，新炊未熟，阳光透过树荫照在书页上……我细细读，随手写，感到无比的畅爽，故借周汝昌先生“每从细笔惊新悟，重向高山愧旧琴”诗意，名之曰“细笔新悟红楼梦”。

感谢刘心武先生拨冗阅读拙文，不以我的浅识见弃，并给予宝贵意见。这是一本并不成熟的小书，错误与不当之处，恳请读者不吝指正。

侯宇燕

于清华园

大观园里的女汉子

曹雪芹以一支神来之笔，写尽大观园里的众多女子。她们拥有不同的美和不同的命运，读来令人嗟叹。有一类女子，外表粗犷，内心坚强，她们的人生，从不指望别人，却也活得干脆利落豪爽大方，如同女汉子一样。

高大丰壮的司棋

这是个着墨不多，却给人留下深刻印象的艺术形象。

荣国府二小姐迎春是懦弱无争的，手下这个大丫鬟却泼辣蛮横，闹起内讧来常常搞得鸡飞狗跳人仰马翻。最能体现她“女汉子”精神的，是她为吃一碗炖鸡蛋不成而大闹厨房。司棋的死也很壮烈，这在大观园的女孩子里实属异数。

曹雪芹惜墨如金，对司棋的外貌，只用了四个字形容“高大丰壮”，却有一种传神的把握。

司棋的恋人潘又安，是其姑舅兄弟，“出落的品貌风流”，具有清秀柔弱的禀赋。而与潘又安月下偷情的司棋，则被曹雪芹有意识地赋予了与潘又安完全相反、强烈对比的气质——“穿红裙子梳鬅头高大丰壮”。

偷情忽被鸳鸯惊散，“那小厮早穿花度柳，从角门出去了”，后来竟逃走了，三四天没归家。“司棋气个倒仰，因思道：‘纵是闹了出来，也该死在一处。他自为是男人，先就走了，可见是个没情意的。’”

由此心理活动，也可见二人个性之鲜明差异。是不是性情软弱、没有担当的潘又安激发了丰壮的司棋强烈的母性保护欲，才产生了这段使司棋走向死亡的孽缘呢？曹公未明写，只由读者去细细体味。

仗义泼辣的鸳鸯

撞破司棋私情的是鸳鸯，司棋气病后过来安慰她的也是仗义的鸳鸯。

这个少女“蜂腰削背，鸭蛋脸面，乌油头发，高高的鼻子，两边腮上微微的几点雀斑”。在反抗贾赦强娶时，鸳鸯为向贾母明心志，用剪子剪下半绺头发。“众人看时，幸而他的头发极多，铰的不透，连忙替他挽上”。可见鸳鸯毛发极丰盛。

在生活细节描写上，高鼻浓发的鸳鸯虽不似司棋性情蛮横，行事却也极尽泼辣，连王熙凤都得让她三分。生活环境的要求、自身气质的光芒，都使这个人物略缺温柔妩媚之态，而且早早就断绝了对男女感情的美好希望。

豪爽利落的湘云

在第四十九回，曹雪芹妙笔描画脱了褂子的史湘云，“蜂腰猿臂、鹤势螂形”，极言其腰细臂长之状。

无独有偶，史湘云的性格，也如丰壮高大的司棋和蜂腰削背的鸳鸯，爽快利落得很。人们说她“只爱打扮成个小子的样儿，原比她打扮女儿更俏丽了些”。偏爱湘云的读者，我想正是看中了她“英豪阔大宽宏量，从未将儿女私情略萦心上。好一似，霁月光风耀玉堂”的爽利与坚强。

湘云这个形象，“烧鹿大嚼，裀里酣眠，尤有千仞振衣，万里濯足之概”，没有司棋的蛮，比鸳鸯多了几分天真，“非韵胜人，气爽人也”——正如越剧中由女性扮演的风流倜傥的小生，多少给人一种角色倒置的新鲜感与文化气息，是兼具男女气质精华之辈，赢得历代读者的好感。

体肥面阔的傻大姐

大观园里还有一个女汉子，却是全书最为可怜的人物，她就是傻大姐。她是贾母房内提水桶扫院子专作粗活的小丫头，年方十四五岁，生得“体肥面阔，两只大脚作粗活简捷爽利，且心性愚顽，一无知识，行事出言，常在规矩之外”。

贾母“因喜欢他爽利便捷，又喜他出言可以发笑，常闷来便引他取笑一回，毫无避忌”。自得其乐的傻大姐似乎活得真没意思。就连曹公这天下女子的知音都认定了她是个没心眼的蠢物。贾母也拿她的愚顽为自己开心。可试问贾府上下，哪个女子活得最自在？她既不悲风也不吟月，不比心机也不斗口角，别人自不屑与之争——因为她根本就没得可争的？——从这个意义上说，她不是真正的“女孩子”，她才是一个真正意义上的女汉子。

史湘云的情

史湘云在《红楼梦》中刚出场时，不谙世事。正如王昆仑先生指出过的，在家庭生活和处理女性关系的许多琐事上，她和林黛玉都不如贾宝玉懂得世故……

人世沧桑，情感浮沉。人间的感情，随着人生阅历的丰富深邃而起伏变化，真是林林总总，无法胜数。有的浓郁，有的旷达；有的泛滥，有的节制；有的沉重，有的疏淡。它们是人生体验的结晶，也是时代、环境、个人心态共同作用的结果。

台湾著名历史小说作家高阳曾写下历史小说《曹雪芹别传》，实是借红楼酒杯，记自家之感慨。其中一节叙述青年曹雪芹与平郡王府幕友方观承在“大酒缸”喝酒，高阳借方之口感慨：“人间的大学问，无非一个情字。做事容易做人难，难就难在一个情字。不容易料理。情而不情，不情而情，情中有情，情外无情，且不说料理妥帖，光能分辨得清，就很了不起了。”

高阳笔下的曹雪芹就是这样慢慢地在生活中理解人性种种复杂的“情”。的确，翻开《红楼梦》这部巨著，举目皆是林林总总难以料理的“情”。据脂批透露，曹雪芹在结尾处给主要人物都打上了“标签”：林黛玉是“情情”，贾宝玉是“情不情”，秦可卿是“情可轻”……其中要数贾宝玉的感情最多最泛，为天地古今男女不能尽之情。也正因此，他反被世人目为痴儿。而依笔者之见，贾宝玉与史湘云之间呈现的感情，就充分印证了高阳所说的“情中有情”。头一个情，是兄妹之情。随着时间的发展、阅历的增加，逐渐又添了一种比亲情深，比友情浓，却非爱情那样热烈的感情。或许这正是人世间最稳定的一种美好感情。

史湘云在《红楼梦》中刚出场时，不谙世事。正如王昆仑先生指出过的，在家庭生活和处理女性关系的许多琐事上，她和林黛玉都不如贾宝玉懂得世故。到第三十三回，宝玉挨打，阖府震惊，人们争相表露着对他的关心。这个说话有点大舌头，叫宝玉“二哥哥”却成了“爱哥哥”的湘云，除宝玉挨打当天在怡红院里围着宝玉嘘寒问暖的女眷中出现过外，接下来直到第三十五回，都没有过探视宝玉的“记录”。

就在第三十五回，当以老祖宗为首的探视大军走出怡红院时，“忽见史湘云，平儿，香菱等在山石边掐凤仙花呢”，这看似平常的淡淡一笔，却从侧面写出湘云真是个“不将儿女私情略放心上”的顽皮丫头。这种大大咧咧的性情，与“无事忙”宝玉平日里对她细腻的关心形成一种鲜明的反差。

可当时序进行到第五十回“芦雪广争联即景诗，暖香坞雅制春灯谜”时，这个一向粗枝大叶的少女却突然成长了。她的心思开始由花花草草投向那些真正关爱自己的人，晚熟的果子蕴满了真挚的情谊。所以，当李纨罚宝玉去栊翠庵的妙玉处折一枝红梅来插瓶时，众人都只道这罚“又雅又有趣”，宝玉也乐为，答应着就要走。只有湘云、黛玉一齐说道："外头冷得很，你且吃杯热酒再去。""一齐"二字，真乃妙笔。

接下去，"湘云早执起壶来，黛玉递了一个大杯，满斟了一杯。"——在这欢乐已到达顶峰的时刻，别人都只觉折梅是锦上添花之举，巴不得宝玉早点擎梅归来；就连一向体贴的宝姐姐也已忘情，对宝玉的关心不知不觉间缺了席。只有黛玉、湘云，因对宝玉怀有发自肺腑的关爱，才会首先虑及他的饱暖饥寒，而非旁边的热闹。我们在现实生活中不是也能常常看到类似的情景吗！——故将第五十回与第三十五回前后对照着细读，你会恍然体悟：不知觉间，对一起玩大的可亲的宝哥哥，湘云的关怀竟渐渐与黛玉一样深沉了。但这感情依然不关风月，只是亲情。

是的，湘云在逐渐成长，她终于"懂事"了。她对人情世故的体察有了飞跃进步。这从她在第四十九回告诫初来乍到的薛宝琴在大观园外要谨言慎行上就可见一斑。在这一回，一向没心没肺的史湘云却老神在在地嘱咐薛宝琴说："你除了在老太太跟前，就在园里来……若太太不在屋里，你别进去，那屋里人多心坏，都是要害咱们的。"就连宝琴的堂姐宝钗也没这样细致地关照过宝琴。可是，看着一个昔日没心嘴直的小孩子这样郑重其事地讲出一番沉痛的大道理来，画外的读者又会是怎样一番心境呢？

随着岁月的流逝，对真善美的人与事，史湘云是更亲近与珍惜了；对华丽外衣下的假恶丑，则越发投注了锐利的眼光。她再不是那个有些懵懂的女孩子了。

到第五十七回，当宝玉因受紫鹃"林妹妹要回苏州去"的情辞试探发了痴病后，曹雪芹特意写道："湘云更是天天过来瞧看。"曹公之笔，真是一丝不乱，云龙傅雨，首呼尾应。此时的湘云，终身已定，由叔父许给了“才貌仙郎”卫若兰。随着年深岁长，她的女性意识也在逐渐萌芽。她向往着今后的爱情生活，对关心、爱护自己的身边人，也满怀着深深的眷恋之情……

端木蕻良的“潇湘妃子”

端木将以《呼兰河传》闻名的萧红比作了潇湘妃子林黛玉。其中“梅边柳畔”四字，缘起《牡丹亭》，更深的渊源则是《红楼梦》。

“生死相隔不相忘，落月满屋梁，梅边柳畔，呼兰河也是潇湘，洗去千年旧点，墨镂斑竹新篁。惜烛不与魅争光，箧剑自生芒，风霜历尽情无限，山和水同一弦章。天涯海角非远，银河夜夜相望。”这首词是端木蕻良1987年与夫人钟耀群在香港为萧红扫墓时写下的。很明显，他将以《呼兰河传》闻名的萧红比作了潇湘妃子林黛玉。其中“梅边柳畔”四字，缘起《牡丹亭》，更深的渊源则是《红楼梦》。巧得很，在端木蕻良1985年出版的长篇小说《曹雪芹》中卷里，竟然也出现过。看来绝非偶然。这四个字，是中国文化里的一个大主题。从文学阅读的角度来理解，它在端木那里已成为一个文化符码，一把钥匙，一段宿命，一种传承自《牡丹亭》的诗意。它既是金陵女子精魄之聚化，更糅合了他心中对林黛玉的想象，想必也寄托着他对萧红的怀念之意。这种“师楚”的浪漫主义文化精神最终落实到他晚年创作的女性人物身上。

他笔下的女主人公，大多有萧红的影子。尽管这么多年来在对待萧红的问题上他饱受责难，但他对萧红的感情，从这些诗词，从他的红学研究，从他的长篇小说《曹雪芹》里其实可见一斑。

我们可以举1993年上海书店出版社出版的端木蕻良评论集《说不完的红楼梦》为例，其中收有端木一段借古抒怀，剖心沥血的考证："在曹寅亲自刊落的诗中，被保留下来的诗，还有一首题为《悼亡》。这首诗绝不是一首泛泛的作品，而是对心爱的人真情的怀念……这个女人，既无称谓，更无子女。时至农历九月（旧俗十月一日，应是鬼节），但没有人给她送制棉衣（她逝世的时候还是穿着罗衣）……把《悼亡诗》和《咏红叙事诗》联系起来看，可以断言曹寅早年遭遇的伤心事。而在多少年后，还使他内心伤痛不已。他还有'百年孤冢葬桃花'的诗句。"

"多少年后，还使他内心伤痛不已"——冲淡的语调掩藏着炽烈的心绪。我觉得端木蕻良这里是在说曹寅，也在说自己。到了晚年，这种深挚细腻又复杂的怀念，甚至忏悔或许已强烈到不可收拾，必须有所宣泄——这是不是端木先生写作长篇小说《曹雪芹》的一个由头呢？而另一个由头，难道是为完成萧红遗书中"留下半部红楼给别人写了"的愿望？都已不得而知。我们所知的是，《曹雪芹》也只出到中卷，就永远没了下文！随着端木先生在1996年的离世，这部情致委婉动人的作品也如《红楼梦》，开放式的结局，留下了无数引发后人意兴的故事谜团。

在《牡丹亭》里，"梅边柳畔"指向的是杜丽娘与梦中情人柳梦梅之间的爱情，即陈寅恪教授所谓"世无其人，凭空设想"也。杜对梅的理想是男女情爱的最高境界，却也是常人无法达到的境界。

到了《红楼梦》，它又与一个中途冒出的女孩薛宝琴紧密相联。宝琴生得比宝钗都好，如非早已许配梅翰林家，甚至会被老太太指与宝玉为妻。这就产生了一个疑问：既生黛玉、宝钗，又何来宝琴？我以为曹公安排这个人物，一定有其大旨深意在。宝琴、黛玉，似乎她们的原型之间有着比宝琴、宝钗更深刻的联系。

在《红楼梦》第五十一回，大观园芦雪广成为才华横溢的薛宝琴一展身手之地，正如在上一回，曹雪芹让史湘云出尽了风头……在那里，宝琴一气写下十首新编怀古诗，后两首《蒲东寺怀古》《梅花观怀古》，系以唐传奇《会真记》与明戏曲《牡丹亭》故事入诗，与前八首以古往今来真人真事入诗形成鲜明对照。《梅花观怀古》中出现了“不在梅边在柳边”之句，是“梅边柳畔”的一种变体。或暗示宝琴日后无缘嫁与梅翰林公子，却终将与柳湘莲结下姻缘。

让我们再拿着“梅边柳畔”这把钥匙走入端木蕻良晚年创作的长篇小说《曹雪芹》。此书先后出现两位才貌双绝的女子，她们的影子叠加在一起，共同成为曹雪芹情感世界中里程碑式的启蒙者。二女都出自姑苏李家。一个是苏州织造李煦的幼妹李芸。小说中，她与曹寅发生了一段感情，最后被强人所逼，自沉于秦淮河，透出全书大悲剧的伏线。显然，端木先生将对曹寅《悼亡》诗中神秘女子的丰富猜想赋予了笔下心爱的李芸。这个人物，是如《红楼梦》里的秦可卿那样“兼美”的。她的艺术原型与生活原型的关系，或许正表达出端木自己在人生不同年代复杂炽烈情感的综合寄托。“曹雪芹惯会运用叠影法。”这是端木先生自己说的。

《曹雪芹》中另一绝才绝色，则是李煦的孙女，李鼎之女李玥。这个名中含了玉与月的少女，也是一个高度审美化、诗意化的女性形象。在《曹雪芹》中卷，李府家破人亡后，事先逃出的玥儿不得不藏在汤兴家的小戏班里，化名“云柔”。在五十一章“剧里台前都是戏，人间天上总关情”中，汤家排演全本《还魂记》（即《牡丹亭》），她为杜丽娘写了一首诗：“春去春来牵梦魂，三山二水认前身。梨花坠地无消息，剩有青苔空碧痕。”巧极了！《红楼梦》第二十三回，宝玉写下的“梨花满地不闻莺”句，“梨花”正指黛玉。“梨花坠地”与“梨花满地”一字之差。由此可见，在端木先生笔下，李玥的命运完全伏着他心中黛玉的命运。在《说不完的红楼梦》里，他还说过，潇湘妃子的终局必与洛神，即与水有关。这也是现在被普遍接受了的一种说法。

萧红死后，端木将她的部分骨灰埋在香港浅水湾，面朝大海。这也是与水有关的。这样强烈的人生暗示，真使读者常常产生不知何为现实，何为梦境的阅读体验！

那么在端木胸中，李玥的终局到底是什么呢？请看这一段：“汤经卿不觉吟出声来。吟罢，含笑问道：‘我和姑娘一首，可以么？’云柔微笑道：‘请！’汤经卿提起笔，便写道：‘雁去冰消何处痕，梅边柳沿自成村。天心偏照潭中影，云是衣裳月是魂。’云柔微微一笑，拿起笔，在‘天心偏照潭中影’的‘偏’字上，改成了一个‘空’字。汤经卿的心一沉……”

“天心空照潭中影，云是衣裳月是魂”——“潭中影”显然是云、月的结合体，即“兼李芸、李玥之美”，也系兼美之意。在端木先生苦心营造的诗意世界里，姑苏李芸既已为汨罗，那么“潭中影”必还包括以月为魂的李玥。这也正落实了“生死相隔不相忘，落月满屋梁”之诗意！可惜的是，据钟耀群生前回忆，端木晚年为杂事所困，迟迟无法将《曹雪芹》下卷完稿，遂铸成千古遗憾。但李玥如端木心中的潇湘妃子一般最终自沉。质本洁来还洁去的命运，却是已透露得再清楚不过的了。这两位洛神，终成曹雪芹人生的水中月，镜中花。

在李玥与汤经卿的诗中，又一次出现了“梅边柳畔”，只不过改了一个字，为“梅边柳沿”。既袭《牡丹亭》之旨，更与薛宝琴《梅花观怀古》“不在梅边在柳边”暗合。当然也让人想到1987年，端木先生在完成《曹雪芹》中部创作后，在香港悼萧红的那句凄婉之词“梅边柳畔，呼兰河也是潇湘”。

人间天上，剧里台前，或许在端木先生复杂的情感中早已没有分别，也早就无法分别了！

南北相兼的文风，别样的韵味

南北相兼而用——这句话分明点出了《红楼梦》特殊的艺术风格，也是此书隽永醇厚格调之醴泉所源。我想这种生活情调是与《红楼梦》的成书经历分不开的，它的创作基础乃是一个家族的集体回忆。

在《红楼梦》第三十九回“村姥姥是信口开合，情哥哥偏寻根究底”中，有一段看似普通无奇的描写：“二门口该班的小厮们见了平儿出来，都站起来了，又有两个跑上来，赶着平儿叫‘姑娘’。”

但脂批在这里说：“想这一个姑娘，非下称上之姑娘也。按北俗以姑母曰姑姑，南俗曰娘娘，此姑娘定是姑姑娘娘之称。每见大家风俗，多有小童称少主妾曰姑姑娘娘者。按此书中若干人说话语气，及动用前照（器物）饮食诸类，皆东西南北互相皆用，此姑娘之称，亦南北相兼而用无疑矣。”

南北相兼而用——这句话分明点出了《红楼梦》特殊的艺术风格，也是此书隽永醇厚格调之醴泉所源。我想这种生活情调是与

《红楼梦》的成书经历分不开的，它的创作基础乃是一个家族的集体回忆，甚至部分篇章可能就直接出自长辈之手。

邓云乡先生在《红楼拾小录》中考证，正因曹家从南方来，故而红楼中人的口语也不自觉地带了不少南边的方言。他指出，第三十八回“林潇湘魁夺菊花诗，薛蘅芜讽和螃蟹咏”里，凤姐道：“藕香榭已经摆下了，那山坡下两棵桂花开的又好，河里的水又碧清，坐在河当中亭子上岂不敞亮，看着水眼也清亮。”——邓先生一针见血地说：“北京没有种在地上的桂花树，这也是江南情调，而且又有一个江南词语‘碧清’。‘碧’是入声字，在北京转为去声，说‘碧绿’顺口，说‘碧清’就不顺口，江南音调，入声连平声，读来就顺口。这可能是曹雪芹忆及江南生活情调，无意中流露出的南方话吧。再有关于江南话，前文也说到不少，如‘物事’、‘碧清’，‘晦气’等等，不妨再举一两个；如‘促狭’二字，便是纯粹的江南话，北京不但不理解其意义，连读音也读不出。照字面按普通话读音读，那就江南人、北京人都听不懂，不能理解了。除了单个词语外，还有江南谚语，如第七十七回王夫人说：‘卖油的娘子水梳头。’北京叫媳妇，不叫娘子，‘娘子’本身就是江南话。这谚语原词三句‘卖花娘子晚被头，卖肉娘子舐砧板，卖油娘子水梳头。’一定要用江南语音读出，才能显示神情特点，乡土韵味。”

我是江苏籍贯，依我对老家口音的浅显了解，这“碧清”的“碧”，其入声发音略近于“bie”，切笔夜韵。

我还以为，就在这第三十八回开头短短的一个自然段里，除了“碧清”，王熙凤还一口气说了很多其他的南语。“这竹子桥规矩是咯吱咯吱的”的“规矩”二字，也是北方人很少使用的词汇。

在第四十七回，贾母为贾赦讨鸳鸯事教训邢夫人时，说了个

"有的没的"——巧的是，同一回里，丫鬟秋纹也说出了"有的没的"。看来都是生活原型的南方口音、情调在创作中的自然残留。或许，连秋纹的原型也是从南方跟主子上京的。

到第四十九回"琉璃世界白雪红梅，粉香娃割腥啖膻"，宝玉"只拿茶泡了一碗饭，就着野鸡瓜齑忙忙的咽完了"。不但茶泡饭的习俗是从南方带来的，那"齑"字，分明也是唐宋日常饮馔。后来因黄河流域迭兴战乱，人民大批南下，年深岁久，才逐渐成为南方特有的饮馔名物。查，它指捣碎的姜、蒜和韭菜末儿。唐朝韩愈说："大学四年，朝齑暮盐。"形容生活清苦。古汉语有"齑盐"之称，指酸菜和盐。这就对上了。今日，百姓的生活水平与古代相比早已发生天翻地覆的变化，但我的家乡人仍以盐齑，即盐渍芥菜为饭桌上一道有乡土风味的调剂品。而宝玉吃的野鸡瓜齑则是很讲究的，在酱瓜丁里又加了野鸡碎肉，体现出贾家，即原型曹家南方化的饮食习惯。

再回溯第二十八回"蒋玉菡情赠茜香罗，薛宝钗羞笼红麝串"，宝玉对黛玉埋怨说："如今谁承望姑娘人大心大，不把我放在眼睛里，倒把外四路的什么宝姐姐凤姐姐的放在心坎儿上……"这"外四路"一词，也是个南语。

更值得文本研究者深入思考的地方，是《红楼梦》里许多南语往往反复在同一回或同一个段落中跳来跳去，乃至在一个大的群落里集中出现。吴世昌先生曾云：《石头记》前二十多回中有些部分可能出自脂砚残稿，其中夹文夹白的写法，未经雪芹删净。而我感觉第三十七至四十回南语甚集中，正是脂批所谓"按此书中若干人说话语气，及动用前照（器物）饮食诸类，皆东西南北互相皆用……南北相兼而用无疑矣。"而且这几回的笔调也特别细腻动人、精巧可喜，所涉名物皆美丽清秀，风光旖旎，新绿满眼，倒像是江南风物情调，是否也同样出自某个在南方居住时间更久远的长辈之手，如雪芹的叔父曹頫呢？

曹雪芹是从南方迁徙北京的移民，他自己的大部分时光是在北方度过的，但家中长辈，尤其是女眷，说南语者必比比皆是，这对其语汇系统的形成肯定有着潜移默化的巨大影响。而这种“南北相兼”的文风，又无疑为《红楼梦》增添了别样的乡情和韵味。

说《红楼梦》是集体创作的结晶，有个现成的例子：在第四十四回“变生不测凤姐泼醋 喜出望外平儿理妆”中，就出现了一个颇奇怪的现象，但读者大多忽略了。

那时，凤姐的大丫鬟平儿挨了凤姐的打，被李纨拉入大观园安慰，后被邀至怡红院。袭人与平儿素日交好，自然殷勤接待一番。然后当平儿重新理妆时，袭人便不见了，一应细节都由宝玉负责起来。

> 平儿……便去找粉，只不见粉。宝玉忙走至妆台前，将一个宣窑瓷盒揭开，里面盛着一排十根玉簪花棒，拈了一根递与平儿。又笑向他道：“这不是铅粉，这是紫茉莉花种，研碎了兑上香料制的。”平儿倒在掌上看时，果见轻白红香，四样俱美，摊在面上也容易匀净，且能润泽肌肤，不似别的粉青重涩滞。然后看见胭脂也不是成张的，却是一个小小的白玉盒子，里面盛着一盒，如玫瑰膏子一样。宝玉笑道：“那市卖的胭脂都不干净，颜色也薄。这是上好的胭脂拧出汁子来，淘澄净了渣滓，配了花露蒸叠成的。只用细簪子挑一点儿抹在手心里，用一点水化开抹在唇上，手心里就够打颊腮了。”平儿依言妆饰，果见鲜艳异常，且又甜香满颊。

——怪哉，这连王熙凤的大丫头平儿都闻所未闻见所未见，贵重非常的胭脂水粉，何以竟出于绛芸轩（宝玉爱红，幼时曾自命为绛洞花王，并将自己的住所命名为“绛芸轩”。一日早起让晴雯研墨，自书“绛芸轩”三字）？难道说，宝玉的丫鬟们在梳妆打扮上已气派讲究得到了超越凤姐的地步？而且竟连制作的细节与诀窍都说得头头是道、分毫不差。我以为，比较说得通的解释是，此段恐怕出自一个盈盈弱弱闺中女性的手笔。绛芸中之什物，本就是“她”昔日闺阁之胭脂花粉也。

这段文字的蹊跷还不止于此。平儿理妆的过程中，不但袭人“不在房内”，其他丫鬟也都无了踪影。在读者眼中，似是有一个导演在暗中操纵，命众人一一退去，清出场子，然后将镜头对焦聚光灯下的平儿和宝玉，以使宝玉在为平儿尽心的同时，顺利地抒发心底的无尽叹息。

而平儿走后，“宝玉……复起身，又见方才的衣裳上喷的酒已半干，便拿熨斗熨了叠好，见他的手帕子忘去，上面犹有泪渍，又拿至脸盆中洗了晾上。”

将这一连串熟极入流的动作安在宝玉身上，实在是令人哑然失笑的。试想连倒碗茶都须丫鬟们代劳的怡红公子，何时变得如此能干利落了？况且，即使他想干也能干，袭人等一群大小丫头难道就集体选择性无视了？

能否这样解释，此段依然出自女性手笔，于是就很自然、细致地写出了她自身日常之所劳。或许竟是曹公求身边人代写的，亦未可知呢！这一种由浅入深、渐隐渐进的手法，由宾及主，搴帏而现，使读者有幸一瞥几百年前大宅门深处珍贵的闺阁风景。

珍馐异馔话红楼

天翻地覆后，曹家茅椽蓬牖，绳床瓦灶，三餐不继，“今日视此虽近，邈若山河”。故人已成白骨，举目云天，遥思往事，忆及从前的繁华富贵、分韵课诗，还有那些美食，存殁之间，仿佛还有一座桥梁永远连接着。

元宵夜宴，贵族气派

《红楼梦》第五十三回“宁国府除夕祭宗祠，荣国府元宵开夜宴”叙述，已是腊月，离年日近，贾府置办年事。庄头乌进孝从关外赶了一个多月路程进京交租，礼单上写着：“大鹿三十只，獐子五十只，狍子五十只，暹猪二十个，汤猪二十个，龙猪二十个，野猪二十个，家腊猪二十个，野羊二十个，青羊二十个，家汤羊二十个，家风羊二十个，鲟鳇鱼二个，各色杂鱼二百斤，活鸡，鸭，鹅各二百只，风鸡、鸭、鹅二百只，野鸡，兔子各二百对，熊掌二十对，鹿筋二十斤，海参五十斤，鹿舌五十条，牛舌五十条，蛏干二十斤，榛、松、桃、杏穰各二口袋，大对虾五十对，干虾二百斤，银霜炭上等选用一千斤，中等二千斤，柴炭三万斤，御田胭脂米二石，碧糯五十斛，白糯五十斛，粉粳五十斛，杂色粱谷各五十斛，下用常米一千石，各色干菜一车，外卖粱谷，牲口各项之银共折银二千五百两。外门下孝敬哥儿姐儿顽意：活鹿两对，活白兔四对，黑兔四对，活锦鸡两对，西洋鸭两对。”

接下来的祭宗祠、春节宴饮和荣国府元宵开夜宴，就用得着这些野味山珍了。

腊月二十九祭拜宗祠，“每一道菜至，传至仪门”，由男人们层层转递，又传于凤姐尤氏诸人，直传至供桌前，方传于王夫人。王夫人传于贾母，贾母方捧放在桌上。祭宗祠后，众人围随同至贾母正室之中，“亦是锦裀绣屏，焕然一新。当地火盆内焚着松柏香，百合草”。按长幼挨次归坐受礼后，散押岁钱、荷包、金银锞，摆上合欢宴来。男东女西归坐，献屠苏酒、合欢汤、吉祥果、如意糕。这些饮食与其说美味，更不如说具有仪式感，显示出大家族的规矩和贵气。

王夫人与凤姐是天天忙着请人吃年酒，那边厅上院内皆是戏酒，亲友络绎不绝，一连忙了七八日才完了。元宵将近，宁荣二府皆张灯结彩。至十五日之夕，贾母便在大花厅上命摆几席酒，定一班小戏，满挂各色佳灯，带领荣宁二府各子侄孙男孙媳等家宴。

这边贾母花厅之上共摆了十来席。每一馔一果来，先捧与贾母看了，喜则留在小桌上尝一尝。丫鬟鸳鸯、袭人都有热孝不能来，留着看屋子。老太太赏她们两个食盒，两盒内“都是席上所有的上等果品菜馔”。一时上汤后，又接献元宵来。又上汤时，贾母说道：“夜长，觉的有些饿了。”凤姐儿忙回说：“有预备的鸭子肉粥。”贾母道：“我吃些清淡的罢。”凤姐儿忙道：“也有枣儿熬的粳米粥，预备太太们吃斋的。”贾母笑道：“不是油腻腻的就是甜的。”凤姐儿又忙道：“还有杏仁茶，只怕也甜。”贾母道：“倒是这个还罢了。”说着，又命人撤去残席，外面另设上各种精致小菜。大家随便随意吃了些，用过漱口茶，方散。

对于整个春节期间的菜品果馔，曹雪芹几乎都以写意手法带过，没有特笔描摹，却分明让我们感受到华丽富贵的气象。

南酒烧鸭，蝴蝶梦中

在《红楼梦》开宗明义第一章，曹雪芹就意味深长地说：“陋室空堂，当年笏满床，衰草枯杨，曾为歌舞场。”人生真是变幻莫测。云烟散去，事后回首皆相思。荣宁两府的公子王孙，当年何其骄奢淫逸，仅小戏子芳官日常所食，就是“一碗虾丸鸡皮汤、一碗酒酿清蒸鸭子、一碟腌的鹅脯、一碟奶油松瓤卷酥，还有一碗热腾腾碧莹莹的绿畦香稻粳米饭”。芳官却说：“油腻腻的，谁吃这些东西!”

而贾府被抄家之后呢？据脂批透露，八十回后，贾宝玉常常只能“寒冬噎酸齑”。这个“齑”，可再不是他从前就着连康熙皇帝也在圆明园亲自试种的产量稀少的香稻米熬的粥，随口吃上两块的野鸡瓜齑——野鸡肉炒酱瓜丁了，而是唐朝韩愈笔下“大学四年，朝齑暮盐”所指的腌咸菜。天翻地覆后，生活之清苦可想而知。

唐诗云：“蝴蝶梦中家万里，杜鹃枝上月三更。”当时在旗人内部，分“内八旗”、“外八旗”，又分满洲旗、蒙古旗、汉军旗，生活习惯、风俗礼仪不尽相同。在当时北京的实际生活中，在政治上，满洲旗人是统治者；在文化上，汉人则是占绝对优势的，汉人文化发达，繁华秀丽的江南，又是满人艳羡的天堂。在北京的官吏中，除去旗人，江南籍贯的汉人占绝大多数。这样就造成一种汉人羡慕旗人贵族的豪势，旗人又羡慕汉人的文化、诗酒风流，汉人羡慕旗人贵族的官场派头，旗人又羡慕江南籍京官故乡的山水风景、饮食起居的情况。

曹家是汉军旗，久居江南一等富庶繁华之地，直到获罪抄家后，才迁居天子脚下；还有一种说法认为，曹雪芹的童年也是在金陵度过的。反映在饮食上，单单贾府用的各种米，书中提及的就达十一种：乌头庄缴租进献的账单中有御田胭脂米、碧糯、白糯、粉粳、下用常米五种；另外，还有凤姐送给刘姥姥带回的、平儿称之为“熬粥难得”的御用粳米。贾府常吃碧粳粥、腊八粥、香薷粥、燕窝粥、鸭子肉粥、枣儿粳米粥、绿畦香稻粳米饭、绿稻米粥、江米粥，却很少吃面食，只吃过一次银丝挂面。

芳官的一顿饭，包含虾丸、清蒸鸭子、胭脂鹅脯，居然都是水产。薛姨妈招待宝玉吃酒，铺陈出的也是“上好的糟鹅掌鸭信”。简直把秦淮河整个搬到了大观园。

张爱玲有个极具女性作家洞见的推测，她认为贾家的原型曹家必定太爱吃鹅了，连做菜都用鹅油。所以迎春一出场，曹雪芹就形容她“鼻腻鹅脂”，而非古人夸赞女子常用的“肤如凝脂”四字。张爱玲说：“上古男子打猎打了‘莫雁’就当成聘礼送给女方，莫雁就是野鹅，《儿女英雄传》的聘礼就是一只鹅，《红楼梦》里爱食鹅肉鹅脂还是上古遗风。好像《金瓶梅》里是不食鹅的，想必因为《水浒传》《金瓶梅》是北方，受历代胡人影响较深，有些汉人习俗没有保存下来。”

曹雪芹祖父曹寅亦有诗云：“红鹅催送酒，苍鹘解留人。”红鹅，即胭脂鹅。传统的烹饪技艺中，创造了腌、腊、糟、醉、烤、熏、风干等等办法。不惟保存了食物，而且创造出了别有风味的食物。花样越演越繁，每一样又有不同的炮制方法，用的材料也不同，如同样是腌，用粗盐腌、细盐腌、花椒盐腌、橘皮炒盐腌、盐水腌、醋腌、芥末醋腌、糖腌、蜜渍、暴腌、泥腌等等家，各地都有风味隽永的美味，其制法也常有独得之秘。

早在《易牙遗意》这中国第一部讲饮馔的古书里就记载过胭脂鹅的做法："鹅一只，不碎，先以盐腌过，置汤锣内蒸熟，以鸭蛋三五枚洒在内，候熟，杏腻浇供，名杏花鹅。"今苏州观前街食肆仍有此食供客。

而曹雪芹自己，则特别喜欢吃烧鸭，这在朋友圈里也是出了名的。雍正六年，曹家因亏空获罪被抄家，到乾隆三年彻底败落。曹雪芹移居北京西郊樱桃沟，靠卖字画和朋友救济为生，举家食粥，三餐不继。他曾说，如果有人给他烧鸭南酒吃，他就写一章《红楼梦》给此人看。

曹雪芹指的烧鸭，也不是北方的烤鸭，而是江南广大地区路边食摊都有的一种红彤彤的鸭子，要涂上糖稀烤四个小时，然后再油炸；让它内外都焦，无一遗漏之处；尤其是颈子、头、四肢的末端，都是焦酥香脆。最神奇的还是调料，是咸甜味的；一浇上，就天下无敌了，皮香，肉嫩，咸甜。

薛蟠的妻子夏金桂为人蛮横，最爱吃焦香的鸭骨头，吃的大约也是这种内外焦酥香脆的烧鸭的骨头。

真不知有多少红迷恨不能携着南酒烧鸭穿越到清朝去找曹翁啊！更令人心痛的是，曹雪芹在写到小戏子芳官单单捡了两块胭脂鹅脯嚼嚼就再不吃了时，回想当年，胸臆中又涌动着何等怊怅起伏的情感?!

著名红学家周汝昌曾在雪芹生日那天隆重地在家中设宴祭拜，祭品就是烧鸭南酒。南酒，亦即《红楼梦》第六十三回贾宝玉过生日时，大家在夜宴上喝的好绍兴酒，也有一说是无锡惠山泉水酿的惠酒。绍酒并非普通的黄酒，而居黄酒之冠，色泽澄黄清亮，醇厚甘甜，被誉为酒中极品。南方人对饮酒很讲究，要将酒置于温水中烫热，细品慢酌。

大观园中人对酒令“射覆”时，史湘云醉卧芍药裀，梦中说“泉香而酒冽”，“玉碗盛来琥珀光”，用来形容南酒的香冽、色泽，也是非常贴切的。

1987 年版电视剧《红楼梦》里，姑娘们聚饮游戏听昆曲之际，老妈妈坐在地下照应着炉子，从旋子中把滚烫的绍酒一一倒出来。下雪天，贾宝玉在薛姨妈吃“糟的好鹅掌鸭信”时，薛姨妈也命人将好绍酒烫了给他喝。贾宝玉性急想喝冷的，还受了薛宝钗一番温言教训。想必这些都是曹家人很美好的回忆。

茄鲞美味，富贵气派

饮食文化也如其他文化类型，不会凭空而来，要靠传统和积累。《红楼梦》描写的永难重现的贵族饮食，一直都是读者的兴趣所在。《红楼梦》中的食品，有的详写，有的略写，有的随文带出，有的精心安排，名目繁多，达一百八十多种。

20 世纪 80 年代初，中山公园来今雨轩举办了一个排场很大的红楼宴，邀请周汝昌、端木蕻良、邓云乡等新老红学家坐镇品尝。但“茄鲞”这道最著名的菜，却被学者们集体腹诽了。

据邓云乡先生回忆说：“黄蜡蜡、油汪汪的一大盘子端来摆在桌子正中，菜上有乳白色的丁状物，红红绿绿彩色的花朵配着，十分好看。穿着洁白制服的女青年服务员彬彬有礼地报菜名——‘茄鲞’！大家动筷子了，同席者一位友人笑道：‘宫保鸡丁……’我像刘姥姥一样，尝了一块，细嚼嚼，是宫保鸡丁的味儿，又从盘子中找了找，找到一块茄子，同烧茄子一个味儿，这就是‘茄鲞’吗？我思索着，不禁忽然想到了一个问题：‘茄鲞’究竟是冷拌菜呢？还是热炒菜？是腌、糟类的路菜式的可以存放较长时间的‘陈菜’呢？还是及时烹炒的不能存放的时令菜呢？”

当时刚经历过“文革”浩劫，全国上下饮食文化界一片荒芜，厨师们都是摸着石头过河。而茄鲞，又恰恰是最具文化功力与烹饪水平的一道菜，也是《红楼梦》里描写得最详细，最为读者津津乐道，最能反映出贾家奢侈精致生活的美食。茄鲞做得好不好，决定了整个红楼宴的成败。

清乾隆时期有一位名叫丁宜曾的人，于乾隆十七年写了一本《农圃便览》，其中就说到了“茄鲞”，并谈到制法：立秋茄鲞：将茄煮半熟，使板压扁，微拌盐，掩二日，取晒干，放好葱酱上面，露一宿，瓷器收。

由此，我们可以得出“茄鲞”一词并非曹雪芹所杜撰。以丁宜曾的生活年代看，他应与曹雪芹同时代，说明“茄鲞”一名在当时已很普遍了。但是曹雪芹笔下的“茄鲞”并非是《农圃便览》中所记载的那种简单制作，而是贾府特色的精心制作，与元代的“造菜鲞法”类似。这实际上反映了富贵之家与平民之家饮食的差异。

茄鲞，是刘姥姥二进大观园引出的一道佳肴——第三十九到四十一回刘姥姥二进大观园，又是《红楼梦》的重场戏。曹雪芹借刘姥姥之眼，展现给读者贵族世家衣食住行的点点滴滴。刘姥姥是有了年纪见识的，此行又专为打秋风而来，说话行事不可能不圆滑，亦真亦假。但只要她一念佛，就说明是动了真心。而刘姥姥第三次念佛，正是在大观园藕香榭吃茄鲞。

> 凤姐搛了些茄鲞送入刘姥姥口中，笑道："你们天天吃茄子，也尝尝我们的茄子弄的可口不可口。"刘姥姥笑道："别哄我，茄子跑出这个味儿来了，我们也不用种粮食，只种茄子罢了。"众人笑道："真是茄子，我们再不哄你。"刘姥姥诧异道："真是茄子？我白吃了这半日。姑奶奶你再喂我些，这一口细嚼嚼。"凤姐果又搛了些放入口内。刘姥姥因细嚼了半日，笑道："虽有一点茄子香，只是还不像是茄子。告诉我是什么方法弄的，我也弄着吃去。"凤姐笑道："这也不难。你把才下来的茄子把皮签了，只要净肉，切成碎丁子，用鸡油炸了，再用鸡脯子肉并香菌、新笋、蘑菇、五香腐干、各色干果子，俱切成丁子，用鸡汤煨干，将香油一收，外加糟油一拌，盛在瓷罐子里封严，要吃时拿出来，用炒的鸡瓜一拌就是了。"
>
> 刘姥姥听了，摇头吐舌说道："我的佛祖！倒得十来只鸡来配它，怪道好吃！"

来今雨轩的茄鲞不地道，关键就在这个"鲞"字上。什么叫"鲞"呢？《集韵》上注作"干鱼腊也"。据《吴地记》记载，"鲞"得名的由来，有一段很有趣的历史故事：春秋时代，吴王阖闾一次带兵入海，遇上风浪，断粮了，不能航行，他便向大海拜祷。这时忽见金色鱼群游过来了，吴军便捕鱼为粮。出征回朝后，会见群臣，思念在海中吃过的鱼，主管人员报告，那些鱼都晒干了。他便让烹来吃，觉得味道更为美好，因此便在“美”字下写了一个“鱼”字，这样便成为繁体字的“煮”字了。

据邓云乡先生考证，从《集韵》所注及《吴地记》故事记载，可以理解以“鲞”名鱼、名菜者，都有“干”或“腊”的意思。如乌贼鱼，咸干者曰“明鲞”、淡干者曰“脯鲞”。干鲫鱼曰“鲫鲞”，干白鱼曰“白鲞”，干黄鱼曰“黄鱼鲞”。江浙人对于什么是“鲞”，那是十分明确的。

从此，鲞成为江南民间一种独特食品，至今江浙一带人民过年还必吃黄鱼鲞烧五花肉。所以这个菜一定要突出“干香”二字。

邓云乡先生说，《红楼梦》中的“茄鲞”，以“茄”而名“鲞”，似乎必然有以下几个特征：第一是陈菜，即保存若干时日的茄子制品，而非新鲜的，现炒的。第二是干菜、腊味一类的菜，是干的，没有什么汤、卤、菜汁等。第三是咸而香，有嚼头，具有各种“鲞”的特殊风味。第四是习惯冷吃，既不像是热炒那样的热菜，也不同于随时烹制的冷荤。它如糟、醉、脯等，要经过较长时间才入味好吃。第五，这种菜既能下酒，而更适宜于就稀饭、就粥吃。

古人烹饪理论，对于一切荤素菜肴，有两句极为扼要的名言，即：“有味者使之出，无味者使之入。”如把这个原则灵活地掌握了，那就可以深通烹饪的三昧了。

茄子是蔬菜，本身有清香，但非厚味，此其一。

茄子是时令菜，并非一年四季都有，要在没有茄子的季节，还吃到茄子，此其二。这就要创造出既能保持茄子清香，又能入厚味，且易于保存，能经较长时间，还美味可口的茄制佳肴，这就制成了

“茄鲞”。

用鸡油炸了，一是使茄丁熟、香、干，二是第一次使之入鸡味。茄鲞茄鲞，自然是茄子为主。茄子与配料的比例，以三七成计之，则配料鸡肉脯子（亦可叫鸡脯子肉）、香菌、新笋（有茄子的时候，无新笋，自亦可用玉兰片、干笋尖代之）、蘑菇、五香豆腐干子、各色干果子（包括杏仁、核桃仁等）数种，名堂虽多，只不过占二三成，即十分之二三。用“鸡汤煨干”也使之得鸡的鲜味。但要煨干，重在“干”字。

为什么茄丁先用鸡油炸了，才入汤煨；而不先煨呢？道理很简单，油炸之后，表面焦香已熟，在汤中，水分进不去，煨过之后，仍是“茄丁”。如不炸，就用汤煨，那茄丁就会被汤煨得稀烂，一塌糊涂，再不成“丁”了。

用汤煨干的食物，但还是含有水分，而且表面湿润，不能久存，因而要用“香油一收”，就是用香油起油锅，用小火干炒之，不停搅拌，使之水分蒸发，并沾油炒焦香。

主料茄丁用鸡油炸，配料用鸡汤煨干、用香油收，都是使之入鸡味，而又都是干的。加糟油拌，是在加咸味。在瓷罐中封严，其“封严”的目的，是隔绝空气，外面的空气不接触里面的食物，使之得以保存时日。而更重要则是里面的味道不散发出来，使之闷在里面。经过一定时间其味才能“入”到茄丁中，使之“透”，使之“醇厚”，这才是大观园特有的、风味隽永的“茄鲞”。

而做这道菜的最后一道重要手续一定要使用糟油，又分明体现出贾府典型的南方习俗。在江南，无物不可糟。酒糟，别名红糟、酒醅糟、粕等等，是米、麦、高粱等酿酒后剩余的残渣，有补五脏六腑、补气、补血以及补肾的功效。

大宅门的糟油，选用上等质料，配用二十余种天然植物香料酿造而成，其特点是提鲜解腥，开胃口，增食欲，久藏不败，越陈越香。不论红烧、清炖、冷拌、热炒的荤素菜肴，只要放入少许，即能增加风味。

胜芳螃蟹，蟹黄点心

而刘姥姥第一次念佛，是在听说贾府奶奶小姐们吃螃蟹的时候。吃螃蟹在《红楼梦》中也是一大关目。第三十七回中写宝钗为湘云打算道："这个我已经有主意了。我们当铺里有伙计，他们地里出的好螃蟹，前儿送了几个来；现在这里的人，从老太太起，连上屋里的人，有多一半都是爱吃螃蟹的，前日姨娘还说：'要请老太太在园里赏桂花吃螃蟹。'因为有事，还没有请。……我和我哥哥说，要他几篓极肥极大的螃蟹来……"

邓云乡先生指出，在这段引文中，特别要注意几个地方：一是"他们地里出的好螃蟹"，二是"要请老太太在园里赏桂花、吃螃蟹"。螃蟹出产在水里，吃螃蟹、赏菊花，所谓"持螯对菊"，这就是不出产螃蟹的地方的人们也知道的常识，而这里却说"地里出的"，"赏桂花"，这又是什么原因呢？简单说，这是有地域特征的，这说的是北京人吃螃蟹。

陆游诗云："况当霜后得团脐。"螃蟹经霜之后才肥。在江南吴越间，一年到头能在水浜中捉到蟹，但真正讲究吃螃蟹，要在旧历九十月间经霜之后，团脐（母蟹）才有满黄，再晚尖脐（公蟹）才有后膏。这种情况，明末张岱《陶庵梦忆》中"蟹会"一段说的最清楚："河蟹至十月与稻粱俱肥，壳如盘大，炉坟起，紫螯巨如拳，小脚肉出，油油如蛾蜇，掀起觳，膏腻堆积如玉脂珀屑，团结不散，甘腴虽八珍不及。”

张岱把江南吃蟹的期间，说的最清楚，而且对关键性问题，一语中的，就是“与稻粱俱肥”，江南晚稻要在农历九月中下旬才开镰，蟹才肥，所以俗话有“九团十尖”的说法。而北京天气凉，霜期早，大田的庄稼登场早，所以在旧历七月底、八月初就讲究吃螃蟹了。明人刘若愚《酌中志》“八月”条下记宫内吃蟹：“宫中赏秋海棠、玉簪花。自初一日起，即有卖月饼者。”

宝钗说是螃蟹出在“地里”，这也是很大的特征。在江南，螃蟹都出在浜里、江里、湖里、荡里。高邮湖、太湖、阳澄湖、淀山湖等等，所谓“鱼罾蟹簖”，在江湖边上是捕蟹的好地方，从来没有听说蟹是出在“地里”，“田里”的。而宝钗说的却不然，是在“地里”，这正是北京、天津一带的习惯说法。北京最讲究吃胜芳的螃蟹。胜芳是个镇，在京南武清县。这一带连着白洋淀，地势低洼，海河入海不畅，常常造成秋日田中大片、大片的积潦，螃蟹从海中沿海河上溯，到秋天高粱红的时候，爬在高粱地里吃高粱，人们大量地捕捉。

第三十八回中写凤姐安放杯筷，上面一桌，东边一桌，那边廊子上摆了两桌，花团锦绣，连鸳鸯、琥珀等人都围坐在一起吃螃蟹；凤姐“又命小丫头们去取菊花叶儿、桂花蕊熏的绿豆面子，预备着洗手”。前面是写场面、写神情、写气氛，这后面一句正是真正写出了亲贵之家的豪奢生活。

如果没有经过这样的生活，见过这样场面，是编不出来的。这些都是最能体现贾府饮食文化审美品位的细节。而普通百姓人家食蟹后洗手去腥的，大多是用紫苏叶熬的水。林黛玉呢，还要喝上一点用合欢花浸的烧酒，去去寒气。林黛玉气血不足，长期失眠，贾府自酿的合欢花酒，是有助眠作用的。

除去蒸了掰着蘸姜醋吃而外，还讲究剔出蟹黄、蟹肉来作菜吃，如烧蟹黄、蟹黄豆腐等等，也讲究作馅包包子、饺子、烧麦等吃。《红楼梦》第四十一回写用点心，两个小捧盒内，两样蒸食、两样炸的。一样“一寸来大的小饺儿”，贾母问是什么馅子？婆子们回答“是螃蟹的”。这正是应时当令的佳品。

这样好的螃蟹，一斤只好秤两个三个，三大篓，足有七八十斤。所以刘姥姥念佛道：“这样螃蟹，今年就值五分一斤。十斤五钱，五五二两五，三五一十五，再搭上酒菜，一共倒有二十多两银子。阿弥陀佛！这一顿的钱够我们庄家人过一年了。”

时代更替，风尚变迁

刘姥姥说的“倒得十来只鸡配这个茄子”，指的却也不是普通的鸡。这就要牵涉到贾家原型曹家的满族习俗根源上来了。曹家是汉军旗人，《红楼梦》有很浓的南方味儿，却也处处表现出满族的骑射习俗、服饰习俗、饮食习俗、礼俗、生育习俗、祭祀习俗。这些习俗都在一定程度上反映了满族的传统风俗与社会生活。但这也并非绝对是满族的习俗，定义为北方的习俗可能会更准确些。

北宋几代帝王就都喜欢吃炮羊肉、烙羊肉。南宋孟元老《东京梦华录》里的“乳炊羊”，就是贾母冬天养生吃的蒸羊羔。北方的习俗随着人民的流动又传到了南方的临安（即今天杭州）等地，留有遗风。而南方人民的北迁，也同样会将水乡风俗带到北地。风尚习俗的流动一直是多向的。

应该说，在满族人的食谱里，来自大自然的野味占有很大比重。《红楼梦》第五十三回，庄头乌进孝给贾府进供的庞大年货中就有“野鸡、兔子各二百对”。这个单子所呈之物，基本上都是东北地区的土特产，并具有渔猎民族的特征。想那区区一坛茄鲞，用的十来只鸡居然都是关外野鸡。滋味还能差得了吗?!

《红楼梦》第四十九回，天下大雪，大观园诸芳起诗社联诗，老嬷嬷却大惊小怪地跑来说，怎么那样清秀的两个哥儿姐儿，却在那里商量着要吃生鹿肉呢？这哥儿姐儿，指的就是贾宝玉和史湘云。他们吃的鹿肉，也是来自庄头乌进孝给贾府进供的关外特产，系在礼单上第一项“大鹿三十只”。这正应了清人竹枝词所云：“关东货始到京城，各处全开狍鹿棚。鹿尾鳇鱼风味别，发祥水土想陪京。”

清代入关之后，把东北的一些风俗，如吃鹿肉、吃野鸡、吃鲟鳇鱼等等习惯带到北京；当时上自皇帝贡品，中间王公贵戚的庄园交租，下至商旅贩卖，大批的关东土特产品在冬天运到北京，由皇宫内苑，王侯第宅到寒门小户，都要接触这些“关东货”。《红楼梦》乌庄头的账单同这一贡品单子，是同一历史时代、同一风俗背景的产物，所以十分相似，可供参考。

李纨忙出来找着他两个说道：“你们两个要吃生的，我送你们到老太太那里吃去。那怕吃一只生鹿，撑病了不与我相干。”生动地说明贾府还残留了草原民族吃生肉的习俗，所以李纨并不以为怪，她真正担心的，还是公子小姐们的肠胃，早就比不得征战杀伐、茹毛饮血的祖先了。

李纨的担心并没有错。《红楼梦》里写夏天丫鬟会把西瓜吊在井水里湃凉（现在都写作“拔凉”，是错的），贾宝玉“禀赋柔脆”，尚吃不得，简直与安徒生童话里被十几层被褥下的一粒小豌豆硌得不能安眠的公主一样身娇肉贵。这种草蛇灰线的写法，曹雪芹是最在行的，几笔就写出了社会环境与家庭生活的巨大变迁。

面对李纨的质疑，宝玉、湘云笑道："没有的事，我们烧着吃呢。"李纨道："这还罢了。"只见老婆们拿了铁炉、铁叉、铁丝（檬）来——这一套草原民族烤肉的工具，贾府备得很全，可见平时也是常吃的。

对于贾府这些仪式感与实用性并存的饮馔风俗，读者不可轻易放过，要看到其背后的时代更替与风俗变迁。

草蛇灰线，本事真相

到《红楼梦》第二十六回，五月初三是四大家族的薛家独子"呆霸王"薛蟠的生日，古董行的程日兴"不知那里寻了来的这么粗这么长粉脆的鲜藕，这么大的大西瓜，这么长一尾新鲜的鲟鱼，这么大的一个暹罗国进贡的灵柏香熏的暹猪"供他遣兴——无独有偶，这暹猪，也是在乌进孝的年礼单子上出现过的："暹猪二十只"。只不过薛蟠这只外国进口的猪，通体还用灵柏香熏过，你说难得不难得？

薛蟠遂请宝玉、冯紫英等世家子弟并妓女云儿、名伶琪官宴饮行酒令。而在廊下伺候的许多小厮里，竟然隐藏着贾府对头忠顺王府派的密探。酒令行到尽兴处，宝玉与琪官出来密谈，交换了汗巾子，即被小厮报与忠顺王府知道。后来琪官逃离忠顺王府，忠顺王即着长史官顺着这个线索到贾府要人，更重要的还是要给在贾府背后撑腰的北静王一个下马威。贾政深知其中利害，又气又怕，把宝玉打得半死。

这就是又一个草蛇灰线的写法。护花主人曾评："文章有暗写有明写。不便明写者，当暗写。"它说明在《红楼梦》里，吃一顿饭往往也不是简单的，后面其实隐藏着封建社会的许多本事真相。

乌进孝的年礼单子上还出现了很多关外的羊：野羊、青羊等。相较之下，贾府人吃羊肉的频率并不高。但贾母往往于冬天饭前先吃一味牛乳蒸羊羔。她并非为刻意保留满族的饮食习俗，而是为养生，曾说："这是我们有年纪的人的药，没见天日的东西，可惜你们小孩子们吃不得。"而元妃特意赐给弟弟宝玉的糖蒸酥酪，顶着宫廷美食的名头，其内容也不过是贾母吃的牛乳。在《红楼梦》里特意提及一笔，其深层内涵还是曹雪芹在家破人亡之后，以此纪念手足之情，取"事后回首皆相思"之痛悔意也。

的确，贾母是很讲究养生之道的。宝玉病了，她嘱咐让他喝建莲红枣羹，不许见荤腥。她自己也很注意饮食节制，尤其在喜庆热闹、大伙团聚时，亦不忘形于膏粱厚味。《红楼梦》第五十回，姑娘们联诗制谜时，因天气寒冷，李纨捧过手炉来，探春亲自斟了暖酒，奉与贾母。贾母便饮了一口，问那个盘子里是什么东西。众人忙捧了过来，回说是糟鹌鹑。贾母道："这倒罢了，撕一两点腿子来。"于是李纨要来水洗净了手，亲自撕了递与贾母。

民间素有"要吃飞禽，鸽子鹌鹑"的说法。其实，鹌鹑的价值不仅限于食用，还有医疗作用，能补五脏、益中续气，实筋骨，耐寒暑，消结热。这道菜又是用南方人爱吃的酒糟收的，正合贾母胃口。但即使是这种可口又补益之物，贾母也吃得不多，而且常常是吃上几口就打发丫鬟赏给小辈们享用了。其中受惠最多的，还是宝玉黛玉二人。这也是一种暗写，可见贾母对他二人最疼，而且早就有撮合之心，只是迫于情势，隐藏得很深罢了。正如她把紫鹃、袭人拨给黛玉宝玉后，另补的两个丫头，都袭用了紫鹃、袭人的旧名鹦哥、珍珠，是希望宝黛常在膝下之意。这种感情，在她心里埋藏得多么深！

受贾母影响，贾府上下其他人等也都喜吃鹌鹑。第四十六回，王熙凤劝邢夫人不要因贾赦要娶鸳鸯的事去找贾母，说了一句："才我临来时，舅母那边送来了两笼鹌鹑，我吩咐他们炸了。"王熙凤是有名的"泼皮破辣户"，人称"凤辣子"，下人则唤她"巡海夜叉"，仗着年轻气盛无所不为，却丝毫不行仁义，也不懂保养。《红楼梦》开头即隐曲地点出，王熙凤与贾琏日日白昼宣淫，故而炸鹌鹑这种简捷重油又解馋的做法，正合她泼辣的胃口心意。然而王熙凤既不重饮食节制，又生活淫荡、日夜操劳，铁打的人最终也难免病入膏肓，哭向金陵事更哀了——这又是一种云龙傅雨的写法。

贾母则始终注意行仁义之事，反映在饮食上也是深谙取舍之道。《红楼梦》第五十四回，贾母在元宵夜赏焰火放鞭炮时感觉有些饿了，凤姐忙说有鸭子肉粥和给太太吃斋的枣儿熬的粳米粥，都是很好的滋补之物，但贾母还嫌鸭肉粥油腻，也不惯吃斋，而是挑了清淡的杏仁茶滋润脏腑。

北京一些以"茶"命名的小吃，比如面茶、茶汤、杏仁茶等，都非茶而叫茶。因为这几种汤糊状的食物，最讲究的吃法是不用勺子，而是像喝茶一样直接就着碗边来喝，所以用茶来命名。可见曹雪芹在这一段描写里，又加入了他迁居北地后的所见所闻。《食宪鸿秘》中说："京师甜杏仁用热水泡，加炉灰一撮，入水，候冷，即捏去皮，用清水漂净，再量入清水，如磨豆腐法带水磨碎。用绢袋榨汁去渣，以汁入调、煮熟，如白糖霜热啖。或量加个乳亦可。"正是北方面茶的做法。

在《红楼梦》第七十六回里，贾府过中秋时，贾母将自己吃的一个内造瓜仁油松穰月饼，又命斟一大杯热酒，送给谱笛之人，让其慢慢地吃了再细细地吹一套来。这内造瓜仁油松穰月饼，指的是宫内制造的一种大月饼。看字面含义，其香软滑腻程度大概并不下于后世云南的“滇式月饼”、宁波的“宁式月饼”和上海的“沪式月饼”。所以贾母年老之人，不耐油腻，管他内造不内造，吃上一点尽了意思，就赏人了。

《红楼梦》第十一回，宁国府的贾蓉媳妇秦可卿身上忽然有些不大好，王熙凤去看望时，她说：“昨日老太太赏的那枣泥馅的山药糕，我倒吃了两块，倒像克化的动似的。”

山药和莲藕一样，有粉脆之分，粉山药蒸熟后，粘性低，粉质重，切面的颗粒粗大，粘液较少，易压制成面团，适合用来做山药糕。山药切片后需立即浸泡在清水中，防止其氧化发黑；红枣酸味较重，要加入适量白糖来中和其酸味。清蒸山药糕的碟子，可先抹点油防止粘底，也可在山药糕的底部垫上红萝卜片，避免其粘底。

洗净红枣和枸杞，分别用清水先浸泡一晚；山药去皮切成薄片，浸泡在清水中待用。烧开半锅水，放入山药片，洒上一汤匙白糖拌匀，以大火隔水清蒸二十五分钟，取出摊凉。红枣切成细丝，放进锅内洒上三汤匙白糖拌匀，大火隔水清蒸十五分钟，取出摊凉。将摊凉的山药压制成泥，加入三汤匙糯米粉，用手不断揉搓压制成山药面团，让其静置十五分钟。蒸好的红枣用勺子捣烂，取鸡蛋大小的山药面团，压成饼状，夹入适量枣泥作馅，用手将其搓成丸状，一一置入碟中。烧开锅内的水，放入做好枣泥山药糕，大火隔水清蒸十分钟，取出放入枸杞作点缀，补血益气、通肺腑的山药糕就做好了。

秦可卿的病，其实是心病。曹雪芹隐笔写她与公公贾珍在天香楼私通（这个楼现仍存北京恭王府），被人撞破，惊恐万端。刘心武先生的看法则是因秦可卿乃康熙朝废太子胤礽被圈禁时偷生的女儿，由曹家秘密收养，作为一枚政治筹码，过着神仙般的生活，谁知她身份败露，将被赐死——总之心情大败，了无生趣，什么都吃不下，例假也不准了，已熬不过冬天去了。唯独老太太心下什么都明白，特地给她送了几块山药枣泥糕，倒"克化得动"，可见山药糕确有补脾益气纾解胸臆的作用。写山药糕，是与秦可卿的心病紧密联系起来的。

委曲宛转，动人心魄

世家子弟到了第三代，生长于深宅大院，没经过世间险恶，往往流于单纯天真，富有理想主义。即使大观园里最世故的宝姐姐，在后来面对狠毒无情的嫂子夏金桂时，也往往手足无措。反映在饮食上，就是吃尽珍馐百味，往往返璞归真，清淡朴素，正如宝姐姐常常一副半新不旧的打扮，实则贵气逼人，都是精致文化陶冶教化出来的洗尽铅华的审美追求。

周作人提倡一种把生活当作艺术的态度，说："喝不求解渴的酒，吃不求饱的点心，都是生活上必要的——虽然是无用的装点，而且是愈精练愈好。"把这番话放在红楼中人身上看，荣宁二府的饮馔，都写得委曲宛转，表现出贵族家庭独有的一种艺术、精致、有生趣有意思的生活方式。

而地里田间的野物一旦摆上小姐奶奶的餐桌，那气质也就立刻不同了。芳官对管小厨房的柳嫂子说，宝玉晚饭要一样凉凉酸酸的东西。据说曹雪芹自己，之所以取号雪芹，是他家有芹圃，他少年时特爱吃“雪底芹芽”这道菜，其做法是用雪下芹菜的嫩芽配以斑鸠肉丝炒熟，清淡味美，香气诱人。曹雪芹在书稿上以此为名，可见其奇。而宝钗探春让柳嫂子做油盐炒枸杞芽，虽然只要五百钱，但这是小姐奶奶们调节胃口的精致小菜，不是穷苦人家充饥的粮食。

天翻地覆后，曹家茅椽蓬牖，绳床瓦灶，三餐不继，“今日视此虽近，邈若山河”。故人已成白骨，举目云天，遥思往事，忆及从前的繁华富贵、分韵课诗，还有那些美食，存殁之间，仿佛还有一座桥梁永远连接着。

玉骨久沉泉下土，墨痕犹锁壁间尘

当天翻地覆后，经历过一番梦幻，风尘碌碌的当事人，在一种沉痛万端的情绪促使下，带着最大的敬意来感念当日真挚的感情，与陆游悼念被母亲拆散了幸福婚姻的表妹惊人相似，“玉骨久沉泉下土，墨痕犹锁壁间尘”，“断云幽梦事茫茫”，“前生”已不可及，以敬称来回忆，更表现了心底愈久愈沉痛之情。

《红楼梦》第二十三、二十五、二十六、二十七、三十一回……在这数回，凡涉及黛玉处，大都连名带姓地敬称之为“林黛玉”。这种写法，有些类似法国和俄罗斯的古典文学作品里，贵族男子对凡是自己不大熟稔的同性及所有女性，都必以“您”来称呼打头。实则细细查检全书，你会发现“林黛玉”出现的频率竟然远超“黛玉”；而“贾宝玉”则极少，多以“宝玉”代指。这个奇怪的现象，如何解释？

红学家吴世昌先生曾结合脂批做过一个考证，他认为《红楼梦》的作者并非曹雪芹，而是乃叔曹頫，至少一部分描写曹家风流富贵的文字，是出于此公手笔的。无论吴氏此说是否准确，总之一些富于高度历史真实性的描写，若以曹雪芹之龄，大约是不可能写得如此逼真传神的。

笔者以为，《红楼梦》的创作基础，正是曹雪芹叔父乃至祖辈传神的生活回忆。曹雪芹至多抓住了一个富贵繁华的尾巴。而“林黛玉”多于“黛玉”这个文学现象，或可从另一个角度证明吴世昌的观点。至少，从一个侧面揭示出，在上述这些回目里隐藏了前任江宁织造、曹雪芹的叔父，也是他名义上的父亲曹𫖯的大量心血。

《红楼梦》的全息视角，来自一块女娲补天炼剩的“石头”。《红楼梦》原名《石头记》。这块石头在人间的“化身”，或许就是曹𫖯。如果此命意成立，那么在现实生活中，林黛玉的原型兴许就是一位远客，这就很好地解释了为何书中对贾府姐妹如迎春探春诸芳皆不称姓，却单单称呼黛玉全名的谜团。

问题来了。薛宝钗也是客，而且是更远了一层的亲眷（林黛玉是贾母嫡亲的外孙女，薛宝钗只是王夫人的外甥女）。而书中提到宝钗时又往往不加“薛”字，又如何解释？

或许，在“石头”心里，黛玉既为绛珠仙草所化，原就不在第一回僧、道所言的“风流孽鬼”之册。虽在第六十三回寿怡红群芳夜宴上，反是宝钗获得了“群芳之冠”的美誉，但这个“冠”，当指众“风流冤家”之冠，而绛珠仙子是单挑的，不归入其间。

那么，黛玉既为全书第一女子，连名带姓地称呼她，正表现了“石头”对她本人，以及对其闺阁身份最大程度的尊重。还有一层，当天翻地覆后，经历过一番梦幻，风尘碌碌的当事人，在一种沉痛万端的情绪促使下，带着最大的敬意来感念当日真挚的感情，与陆游以诗词悼念被母亲拆散了幸福婚姻的表妹惊人相似，“玉骨久沉泉下土，墨痕犹锁壁间尘”，“断云幽梦事茫茫”，“前生”已不可及，以敬称来回忆，更表现了心底愈久愈沉痛之情。

林黛玉，细微之处得罪人

清末护花主人云："人而不为时辈所推，其人可知矣。"黛玉不得于舅母、姐妹，曲高和寡，其孤傲乖僻，只在宝玉眼里是人品才情全五分；她总悲叹"风刀霜剑严相逼"，固有孤女的苦衷，但她细微处的不会做人则雪上加霜，在客观上最终造就了花落水流红，不可挽回的爱情悲剧。

得罪奴才后患多

王夫人的陪房周瑞家的是很有头脸的人物，差不多的主子还要让她三分。初来贾府的薛宝钗对周瑞家的极谦逊客气，满面堆笑让："周姐姐坐。"其他贾府姐妹呢？也不托大。薛姨妈托周瑞家的给各位姑娘送宫制堆纱花儿，迎春、探春的态度是：忙住了棋，都欠身道谢，命丫鬟们收了。这礼数不但是对周瑞家的，更传达着对薛姨妈的谢意。其余各人虽不一定真喜欢，也都收了。

最后轮到了黛玉。黛玉在这里的态度很有意思。她不像其他姑娘，只命丫鬟收下，却"只就宝玉手中看了一看"，这种写法名为

"空谷传声"，委婉曲折地从侧面说明其实在这些姑娘奶奶中，只有她才是唯一认真对待宫花之事的。发现只剩了两枝，便问道："还是单送我一人的，还是别的姑娘们都有呢?"周瑞家的道："各位都有了，这两枝是姑娘的了。"黛玉冷笑道："我就知道，别人不挑剩下的也不给我。"

黛玉初进府时，可谓"步步留心，时时在意，不肯轻易多说一句话，多行一步路"，而且她也是富贵出身，不会不知这等奴才的厉害，更不可能轻易忘记对长辈的礼数。但她还是太强直了，火气一上来，必要悉数倾吐方才痛快。一路行来，尽管开头小心再小心，但时间长了，还是露出了真性情，前功尽弃。她做人无意讨口彩，但在如鲁迅笔下铁屋般令人窒息的封建大家庭中，取法乎上，仅得其中，不努力经营已是万万不行的，遑论使小性儿!

周瑞家的"一声儿不言语"。读者自可想象，她会"随意"地将黛玉的反应报与王夫人知道。王夫人本就不大喜欢黛玉，这下心里就更植了过结。无数如此这般的梁子加起来，黛玉的处境就堪忧了——而这还是黛玉刚入府不久的事。

得罪宝钗酿心结

到了第三十一回，黛玉得罪的就不是奴才，而是宝姐姐了。

当时，姐妹们正乐成一团地拿湘云开心。宝钗笑道："她还更爱穿别人的衣裳……"黛玉道："这算什么。惟有前年正月里接了他来，住了没两日就下起雪来……"

"这算什么"——宝姐姐还没说完，黛玉就忍不住出来截话了。语气显然又太冲。黛玉之好得罪人，就体现在此种有口无心处。假若黛玉是“笑道”，那么听上去就会和缓得多。可是黛玉显然没顾上笑。要知此时王夫人在旁边坐着，把一切都摄入眼中。

在此之前，在第二十八回，宝姐姐心里已郁结了块垒。

在那一回，宝玉去瞧黛玉，受了黛玉的气，但宝玉并不着恼。不久后，宝钗也进来，笑道：“我告诉你个笑话儿，才刚为那个药，我说了个不知道，宝兄弟心里不受用了。”林黛玉道：“理他呢，过会子就好了。”宝玉向宝钗道：“老太太要抹骨牌，正没人呢，你抹骨牌去罢。”宝钗听说，便笑道：“我是为抹骨牌才来了？”说着便走了。

这一大段真真好看，实是细笔暗写，伏波汹涌。

宝钗的两个“笑”，内里实是带着一点辛酸的。“那个药”，指的是宝玉听到王夫人很难得地关心黛玉后，急忙说起的一个贵重方子。但无人信他，即使信，王夫人也不上心，只说他“放屁，什么药这么贵！”无奈之下，宝玉逼着恳请王夫人去问宝钗，因其兄薛蟠曾讨这个方子配得了药。宝钗以“我不知道，也没听见”轻而易举地搪塞过去了。满屋子只有宝玉一人在为黛玉的身体担忧，宝钗再端庄守分，心底也由不得生些暗暗的醋意吧。

因此硬生生插入二人世界中的宝钗的第一个“笑道”，就由不得带了些搭讪意味。偏偏黛玉又全不解对方心底的酸苦尴尬，更不明其隐曲萦纡的心计。她无所谓的甩手掌柜式回答“理他呢”反更衬出她与宝玉是何等融洽无间。

宝玉只希望与黛玉单独待一会儿，故而没有礼貌地赶宝钗走。一旦见了黛玉，其实挺会做人的宝玉就把什么都忘了，竟如此不把宝姐姐当回事——于是宝钗第二次的“笑道”，则更无趣，更酸苦，也更悻悻了。

得罪世人花落去

看来，黛玉是永远不会改变她目无下尘、孤标傲世的性情的。到第二十九回在清虚观打醮时，宝玉发现一个金麒麟，宝钗道史大妹妹有一个。黛玉冷笑道："她在别的上还有限，惟有这些人戴的东西上越发留心。"平心而论，黛玉确是过于尖刻了。

又在第三十七回，大家闹成一团，分韵课诗，相互恭维。"宝玉说探春的好，李纨才要推宝钗这诗有身分，因又催黛玉。黛玉道：'你们都有了？'说着提笔一挥而就，掷与众人。"——好好的，为什么又要"掷"呢？而且"掷"的对象还是"众人"。在座的都是小姐奶奶，这般的狂傲，众人虽能理解是出于本性，但即使爽朗如探春、持重若李纨，心底怕都不会太愉快的！很明显的证据就是，在前后几次诗会上，李纨对宝钗的推崇都远高于对黛玉的欣赏，即使在宝玉鲜明的暗示下也罕见地坚持着这个立场。

清末护花主人云："人而不为时辈所推，其人可知矣。"黛玉不得于舅母、姐妹，其孤傲乖僻，曲高和寡，只在宝玉眼里是人品才情全五分；她总悲叹"风刀霜剑严相逼"，固有孤女的苦衷，但她细微处的不会做人则雪上加霜，在客观上最终造就了花落水流红、不可挽回的爱情悲剧。

根并荷花一茎香，平生遭际实堪伤

《笑傲江湖》里的岳灵珊和林平之，一个握有一手好牌，却稀里糊涂地走向悲剧的终点；一个肮脏苟活，自我放逐，日日生活于黑暗的苦痛中。他们的经历，正如《红楼梦》第一个出场的女性香菱，最后只能“香魂返故乡”。

《红楼梦》里，香菱（原名甄英莲，谐音“真应怜”）是第一个出场的女性人物。她的家世不坏，遭际却薄而又薄，令人下泪，尚在襁褓中时就被和尚判为：“有命无运，累及父母”。正如护花主人的点评：“英莲者，终身火中莲也。”曹雪芹以一“呆”字名之，实在因她是一眼界不宽，心机不多的混沌可怜之人。正是：“香菱以一憨，直造到无眼耳鼻舌心意，无色声香味触法。”

香菱的性情、经历，与金庸先生名作《笑傲江湖》里华山派掌门“君子剑”岳不群的独生女儿岳灵珊是惊人相似的。同样是第一个出场的女性人物，在命运、性情上都苦难、憨直。握有一手好牌，却也糊里糊涂地走向了悲剧的终局。

岳灵珊出身不坏，是华山派掌门独女；香菱是姑苏士绅甄士隐的掌上明珠，只可惜幼年即被拐子拐了；岳灵珊原与大师兄令狐冲有一段青梅竹马之情；香菱呢，也曾有过短暂的初恋——遇到了冯渊。冯渊一见她，怪癖全改了，而且要满了三日才把她隆重地迎进门来。香菱暗叹：“我的劫可算满了！”可就是这书呆子气的三日之期坏了事，拐子在这三天里又把香菱转卖与了呆霸王薛蟠。香菱的遭际，实在堪伤。最终不但自己入了虎口，还连带着冯渊也被薛蟠打死了。

《笑傲江湖》里的岳灵珊原与大师兄令狐冲有一段青梅竹马之情，但令狐冲放浪不羁，为岳不群所不喜。岳不群觊觎福州福威镖局的辟邪剑谱，命岳灵珊乔装打扮为一丑女，在镖局附近卖酒探听消息。镖局少东家林平之年少英俊，富于正义感，当余沧海的儿子在酒馆欺辱岳灵珊时，他挺身而出，仗义相助，却惹来了一场灭门大祸，从此天翻地坼。孤苦无依、一心报仇的林平之投靠华山派学艺，经历了家变的他沉稳谨慎、懂得礼让，深得岳灵珊欢心，感情的天平就此倾斜。然而岳灵珊也如香菱，所托非人。

当华山派全体下山，来到林平之的外祖、洛阳金刀王家时，林、岳的感情已如胶似漆。写到这里，金庸先生不动声色地以一细节活画出岳灵珊的性格：“令狐冲冷眼旁观，见王家大箱小箱，大包小包，送给岳灵珊的礼物极多。一名仆妇走上船来，呈上礼物，说道这是老太太送给岳姑娘路上吃的，又说这是大奶奶送给姑娘路上穿的，二奶奶送给姑娘船中戴的，简直便将岳灵珊当作了亲戚一般。岳灵珊欢然道谢，说道：‘啊哟，我哪里穿得了这许多，吃得了这许多！’”——“欢然”一词，活脱脱画出她小家碧玉的心眼：单纯、直率、天真、世俗，却无多少心机。这不就是香菱的性格吗！

从这里看出，岳灵珊虽为老奸巨猾的华山派掌门岳不群之独女，却未学得父亲的半点虚伪，但也缺少了几分大家小姐的做派和气度。而香菱呢，到底是做妾的，平日里也只是唯唯诺诺，有点小家子气。

全书里，真正的大家小姐非魔教教主任我行的女儿任盈盈莫属。她的气质、腹笥，又岂非有几分呆气的岳灵珊可比。她一眼就相中了令狐冲，是为令狐冲对岳灵珊的深情所感，其深层动机实际上正吻合了《红楼梦》里紫鹃对林黛玉说的那番醍醐灌顶的话："姑娘无父母无兄弟，谁是知疼着热的人？公子王孙虽多，那一个不是三房五妾，今儿朝东，明儿朝西？娶一个天仙来，也不过三夜五夕，也丢在脖子后头了，甚至于为妾为丫头反目成仇的。岂不闻俗语说：'万两黄金容易得，知心一个也难求'。"

所以，她看中的是他的痴情，考虑的是自己长长远远的未来。这是个薛宝钗式的人物，除却偶尔忘情外，永远以理性来支配行动。但她不是"真人"。

《笑傲江湖》里最真的人，除去岳灵珊，我认为就是林平之。林平之虽是男性，但他的命运，与香菱也无二。有一节讲到魔教制毒高手蓝凤凰请华山派诸人喝酒，谁都不敢喝，"蓝凤凰叹了口气道：'华山派中除了令狐冲外，再没第二个英雄好汉了。'忽听得一人大声道：'给我喝！'却是林平之。他走上几步，伸手便要去接酒碗。蓝凤凰双眉一轩，笑道：'原来……'岳灵珊叫道：'小林子，你吃了这脏东西，就算不毒死，以后也别想我再来睬你。'蓝凤凰将酒碗递到林平之面前，笑道：'你喝了罢！'林平之嗫嚅道：'我……我不喝了。'听得蓝凤凰长声大笑，不由得涨红了脸，道：'我不喝这酒，可……可不是怕死。'蓝凤凰笑道：'我当然知道，你是怕这美貌姑娘从此不睬你。你不是胆小鬼，你是多情汉子，哈哈，哈哈。'"这里对林平之见识与胆色的刻画，我认为是全书的神来之笔，也是一种春秋笔法，活画出出人意表之处。对林平之的描写虽多，却还是这一笔最令人难忘。从这一笔与前文岳灵珊见到各种礼物后的欢然之态作比，可见林平之确是大家公子，林、岳见识上的差距是从根上来的，很难改变。

《红楼梦》起首对香菱的八字批语“有命无运，累及父母”，也很适用于一生悲苦的林平之。这么好的家世，这么出众的人品，却不料生命在二十岁时就结束了，剩下的只是一个苦苦挣扎的复仇的幽魂，其间艰辛、屈辱、恐惧备尝，直至心理变态。这一系列过程刻画得实在生动，没法让人不同情她。与其相比，获得圆满结局的浪子令狐冲是自由人物，却有一令人不解之处，难以令人信服。他很早就学会了华山思过崖石壁上的奇招，却始终未将这个秘密告诉自己视如亲人的师父师妹。若以小说里的解释，是为避免有人打扰隐居在崖上的风太师祖，可当华山派受到灭门威胁，其势间不容发之际，他仍不将奇招传与众人化解大难，就有些说不过去了。

林平之唯一的错处，而且是九州生铁铸就的大错，是他失明后，为求自保杀了这世上唯一对他好的岳灵珊。此举固是罪不可赦，但我认为这其实是割裂的一笔，不符合前面塑造的林平之的性格。的确，他对岳灵珊是有难以放下的心理包袱。林家的灭门大祸，直接起因就是他为岳灵珊打抱不平。而岳灵珊之所以出现在福州卖酒，又是受父亲派遣，乔装打扮去探听辟邪剑谱之事，这确是一个永远不能避开的结。但林平之光明磊落，在最沦落时尚不肯偷食人家的桃子，又怎会做出如此丧尽天良之事。故我认为这一笔割裂了人物在读者心中已经形成的性格与品质。

我始终有个感觉，金庸先生对笔下这对苦命小鸳鸯或许有自己复杂的看法。这对鸳鸯的名字组合起来，很像清代狭邪小说《品花宝鉴》里一个品行不佳的相公的名字：林珊枝！但金庸先生以一种客观的态度任其自行发展，因为人物已有了自己的性格，不再受作家的派遣。除去林杀岳那最后一笔有失公允外，我认为金庸对他们的深刻塑造都体现了一种大作家才有的真正的本领。

香菱的判词是："根并荷花一茎香，平生遭际实堪伤。自从两地生孤木，致使香魂返故乡。"她和林黛玉一样，都是姑苏女儿。她是菱花，林黛玉是芙蓉。二人有着很深的精神联系。所以是"一茎香"。而她平生的遭际，实在是薄而又薄。自从薛蟠娶了富商之女夏金桂后，她就没了生路，最后如林黛玉一般，香魂返回姑苏，返回天庭。这与岳灵珊、林平之的人生遭际，也是异曲同工的。

凤姐到底得了什么病?

宋淇先生考证凤姐与《金瓶梅》中李瓶儿得的是一种病。李瓶儿的死也是滥交男女的西门庆祸害的。贾琏生性风流，王熙凤还要与他“日日宣淫”，她的将来，也只能如脂批所云：“他日冰山一倒，雌凤长飞”也。

大家都知凤姐最后死于妇科病，但书中并未细述。那么，凤姐到底得了什么病?

宋淇先生考证凤姐得的是子宫癌，和《金瓶梅》里的李瓶儿得的是同一种病。确是卓见。但凤姐为什么会得这个病? 宋淇先生没有追究下去。

我认为，这绝对与贾琏的乱交（而且最要命的是当身边没有女子时还因地制宜搞同性恋——选几个清俊小厮泄火）是脱不了干系的。同理，《金瓶梅》中李瓶儿的死也是滥交男女的西门庆祸害的。这样的贾琏，王熙凤还要与他“日日宣淫”，她的将来，也只能如脂批所云：“他日冰山一倒，雌凤长飞”也。

贾琏与多姑娘偷情一事，淫声浪态不堪入目，脂批却说“实录其事”，不仅不命雪芹删去，反说“此种文字亦不可少”，又方：“一部书中只有此一段丑极大露之文，写于贾琏身上，恰极当极，看言熟思写珍琏之辈当以何等又方恰也”。

《红楼梦》前八十回并未写到香菱之死，但已点出她“血分里有病”，不能生育。想想薛蟠与香怜、玉爱们的淫秽丑行，还有在柳湘莲面前的情状，完全可推测香菱气数已定，无可挽回，在八十回后不久也将步李瓶儿的后尘。

在第二十八回“蒋玉菡情赠茜香罗，薛宝钗羞笼红麝串”中透露，薛蟠曾向王熙凤讨来头上的珍珠串磨碎入药，配的是一副极珍贵的补气血之药。贾宝玉想按这个方子给林黛玉配药，王夫人还不准。薛蟠配这个药做什么？当时他刚掳回香菱不久，如胶似漆尚在兴头上，书中透露香菱血分里有病，不得生育，想必是给香菱治病用的，或许香菱的子宫病在那时就深种了。

封建社会公子哥的无耻淫秽，却要报应在无知又无辜的女子身上。这真是夫权社会里女人的另一重不幸了。

实际上就连宝玉也未能脱离那种畸形风尚的熏染，他与秦钟、蒋玉菡、柳湘莲等男子皆有暧昧之情。若最终能与林妹妹结合，或当全改了（问题在于他自己也不可能谙熟现代医学，不知这种行为对配偶的伤害）；当然后来他穷困了，自然也就无此“闲情逸致”了。

三对奇异的男女情

秦钟——蒋玉菡——柳湘莲，薛宝钗——林黛玉——史湘云，一组是须眉男儿，一组是闺阁女子，他们之间的互证，正体现出曹雪芹笔下贾宝玉的人文关怀从少年到成年，从日渐成熟升华至绚烂，而后归于平淡的轨迹。

林黛玉——蒋玉菡

贾宝玉亲近的女孩子很多，其中有三个闺阁女儿与其关系最为深切。一是林黛玉，二是薛宝钗，三是史湘云。

贾宝玉既为男子，也免不了社交应酬。《红楼梦》中有四个名字带草字头的男子都和他有过密切来往，这四人可谓仙品少年，与薛蟠那种须眉浊物绝不可同日而语。其中戏子蒋玉菡与贾宝玉最是知己之交。

白先勇先生说过，《红楼梦》中凡名字有玉的，都是了不得的人物，而且定与宝玉有精神上的深层关联。蒋玉菡就是男性人物中除宝玉外唯一名字有玉的。宝玉早年在家塾读书时的同学“玉爱”

不算。因这个人物出于曹雪芹最早写的《风月宝鉴》。不过，“玉爱”和“香怜”这两个被薛蟠调戏的学生，很可能即蒋玉菡与柳湘莲的原型。可见他虽身为下贱，但经历见识绝非凡流可比。贾宝玉为与他结交挨了父亲一顿狠打，林黛玉哭着去看宝玉，言不由衷地劝他：“从此都改了吧。”他却斩钉截铁地回答：“就是为这些人死了，也是值得的。”可见此时他的精神境界已上升到一个新的层面。而这话恰又是对着心灵知己林黛玉说的，更非普通的巧合，正隐曲地表明蒋玉菡对贾宝玉精神世界的影响，竟可与黛玉相侔。

上海电影制片厂1960年代初拍摄的越剧电影《红楼梦》，由著名导演岑范执导。他特意安排了一个贾宝玉、蒋玉菡临别相送的镜头，而且布景为一高台，四围雾气深重，不由让人想到鲁迅先生对《红楼梦》的评语：“悲凉之雾，遍被华林。”岑范一再要求此幕不得删减，并指定要由最美的越剧女小生演蒋玉菡，其惊鸿一瞥之貌，甚至远超过扮演贾宝玉的著名演员徐玉兰。这都是大有深意的。

著名作家余秋雨已故的叔叔余志士一生不得志，最大的慰藉是《红楼梦》。他的认识也是惊世骇俗，竟认为蒋玉菡才是贾宝玉的最深知己，甚至超过了林黛玉。余秋雨后来编了一出黄梅名戏《红楼梦》，由爱妻马兰亲自反串贾宝玉，在舞台上完成了叔叔的遗愿，用艺术手段完美诠释了贾、蒋之间不下于贾、林的知己深情。

史湘云——柳湘莲

书中另一仙品少年柳湘莲，出身破落官宦之家，学文不成，四处游访，性情豪爽，专好扫尽人间不平事。他痛打仗势欺人的呆霸王薛蟠，倾尽囊中所有为昔日朋友秦钟修坟，都可谓豪举。脂批把他与蒋玉菡等同列为“四侠”，可谓的评。而据脂批透露，将来他还会当“强梁”。我理解这里的“强梁”，不是普通的强盗，而是如水浒英雄那般除暴安良的好汉。贾宝玉和柳湘莲的关系也极亲近。我认为，在丢失的八十回后，柳湘莲应与蒋玉菡一样，对落难的宝玉有照拂之恩。

而贾宝玉十分喜爱、与他一同长大，总叫他“爱哥哥”的史湘云和柳湘莲之间，也似林黛玉和蒋玉菡那样，有着极惊人的对应之处。而且二人的名字都有一“湘”字，也绝非偶然疏忽。史湘云的性格，也同柳湘莲无二，英豪阔大宽宏量，且总爱打扮成男儿模样。更重要者，也专好打抱不平。初来乍到的邢岫烟受了老婆子们的气，不得不当衣服给她们打酒吃，别人听了只叹气而已，偏湘云撸起袖子要去找老婆子评理。林黛玉嘲笑她“你又充什么荆轲聂政”，正点明她性格中那股侠气、英雄气。曹雪芹家原住江南，江南人不吃辣椒，却偏叫凤姐“凤辣子”——其实名字中都有“湘”的这对男女柳湘莲史湘云，其性子倒很像爱吃辣的湖湘人氏。这或是二人名“湘”的原由之一吗？

据周汝昌、刘心武等先生考证，八十回后林黛玉死亡，贾宝玉一恸出家；后被劝归，被迫娶了薛宝钗。贾家败落，白茫茫大地真干净，宝钗难产而亡，最后与他共度余生的正是史湘云。从这个角度来说，充满侠气的史湘云也像柳湘莲那样在终极层面上“拯救”了他。

薛宝钗——秦钟

而贾宝玉第一个结交的男性知己还不是这些人，而是秦钟。他是秦可卿的弟弟，家境清贫，因容貌清秀可爱，贾家上下都喜欢他，就让他和宝玉一道在私塾读书。应该说他们的友情从童年时期就开始了，但也在童年就结束了。因秦钟在秦可卿死后不久也夭亡了。临终前他劝宝玉要立志功名，还说他们平时自以为高人一等，实际上是自己骗自己。秦钟的这番话，倒很像薛宝钗日常劝宝玉的话。而且宝钗曾对黛玉讲过自己的成长历程，她小时候也是淘气的，也看那些“混账”书，后来才留心仕途经济，变得品格端方、举止娴雅，行为豁达、随分从时，这正与秦钟的改变十分吻合。秦钟的“钟”字，是从金旁，宝钗的“钗”也如此。故我认为秦钟和薛宝钗也有互相印证的关系。他们身上都有世俗的一面。

秦钟——蒋玉菡——柳湘莲，薛宝钗——林黛玉——史湘云，一组是须眉男儿，一组是闺阁女子，他们之间的互证，正体现出曹雪芹的人文关怀，从少年到成年，从日渐成熟升华至绚烂，而后归于平淡的轨迹。

大红猩猩毡的斗篷，由此引发的命运

前后两段，都是阴阴的乍寒欲雪之天，宝玉都穿着大红猩猩毡。结局这段神笔，与五十二回看似闲笔的那段描写可谓遥遥呼应。都是大红猩猩毡斗篷，而生活已经天翻地覆。这就是草蛇灰线的手法，针脚绵密，伏延千里。

贾宝玉常着红衣，尤其在冬天。袭人曾点出，他对穿红衣者也分外留意。他自己常常披的，就是一件大红斗篷。在《红楼梦》第五十二回，天明时，麝月侍候宝玉更衣，道：“天又阴阴的，只怕有雪，穿那一套毡的罢。”宝玉点头……

然后宝玉去见贾母，作家借贾母之眼告诉读者，宝玉身上穿着的，是“大红猩猩毡盘金彩绣石青妆缎沿边的排穗褂子”。

而在高鹗续的后四十回中，有一段公认的“神来之笔”：“一日，行到毘陵驿地方，那天乍寒下雪，泊在一个清静去处。贾政打发众人上岸投帖辞谢朋友……自己在船中写家书，先要打发人起早到家。写到宝玉的事，便停笔。抬头忽见船头上微微的雪影里面一个人，光着头，赤着脚，身上披着一领大红猩猩毡的斗篷，向贾政倒身下拜。”

前后两段，都是阴阴的乍寒欲雪之天，宝玉都穿着大红猩猩毡。结局这段神笔，与五十二回看似闲笔的那段描写可谓遥遥呼应。都是大红猩猩毡斗篷，而生活已经天翻地覆。这就是草蛇灰线的手法，由浅入深，针脚绵密，伏延千里，令读者五内俱焚，回思绵绵。有人说高续作虽远不及前八十回曹雪芹原作，但有些个神来之笔，如黛玉魂归离恨天，还有这段宝玉拜别父亲，是引入了原作残稿的。细细品来，此言不差。

因反观第八回“比通灵金莺微露意，探宝钗黛玉半含酸”，“宝玉见他（黛玉——笔者注）外面罩着大红羽缎对襟褂子，因问：“下雪了么?”地下婆娘们道：“下了这半日雪珠了。”可见，黛玉在冬日也常着红色，而宝玉对她身上的颜色更是分外留意。因这个“红”字，正是通本书之大关节，大写意。宝玉自封“绛洞花王”，居住在“怡红院”，红楼女儿的命运是“千红一哭万艳同悲”……

在第四十九回“琉璃世界白雪红梅，脂粉香娃割腥啖膻”，曹公借大雪天详尽描写众人的御寒衣物。头一个，宝琴披的是一领“金碧辉煌”的斗篷，不知由何物织成。宝钗忙问她：“这是哪里的?”一个“忙”字，点出了宝钗既急切又含着一丝妒意，分外复杂的少女心思。因此时宝琴乍到贾府，却受到了老太太不同寻常的宠爱，宝钗虽老成持重，也按捺不住，曾抱怨说：“我就不知我哪里不如你!”果然，这金碧辉煌的斗篷，是老太太给宝琴的，连宝玉都没给穿过。这也为下文种种埋下了伏笔。

接着宝玉屋里的小丫头送来了猩猩毡斗篷，此处未及写颜色，似是漏笔，但第五十九回曹公一笔点出，这就是那件重要的大红斗篷，“那一套毡的”——纹丝不错。

黛玉的穿着，则自宝玉眼中看出，不但罩了一件大红羽纱面狐狸里的鹤氅，连靴子也是红香羊皮的。众姊妹雪中都穿的是“一色大红猩猩毡与羽毛缎斗篷”，只李纨与宝钗着青，暗示着她们守寡的命运。家境贫寒、寄人篱下的邢岫烟依然穿家常旧衣。史湘云则穿着贾母给她的“貂鼠脑袋面子大毛黑灰鼠里子里外发烧大褂子”，但头上戴的也是大红猩猩毡昭君套。

这些描写就像一串珠子，点缀在大观园的山光水色间，起着提点情节，昭示后文的隐秘作用。“如常山之蛇，击首尾应，击尾首应——击腹则首尾俱应”。

抱衾婢至舒金凤

“抱衾婢至舒金凤，倚槛人归落翠花。”——用《会真记》红娘抱衾而至典，“金凤”，指有金凤图案的被褥。“倚槛”写望月的情怀。我认为这两句诗写的是一个人——“抱衾婢”晴雯。

在《红楼梦》第二十三回“西厢记妙词通戏语，牡丹亭艳曲警芳心”中，宝玉奉旨搬入大观园后，实在是心满意足，再无别项可生贪求之心，遂赋诗四首《四时即事》，写自己一年四季与姊妹丫鬟们相亲相近的生活情景。从眼前的日常生活小事，信手拈来，自然成篇。其中《秋夜即事》云：“绛芸轩里绝喧哗，桂魄流光浸茜纱。苔锁石纹容睡鹤，井飘桐露湿栖鸦。抱衾婢至舒金凤，倚槛人归落翠花。静夜不眠因酒渴，沉烟重拨索烹茶。”

“抱衾婢至舒金凤，倚槛人归落翠花。”——用《会真记》红娘抱衾而至典，“金凤”，指有金凤图案的被褥。“倚槛”写望月的情怀。我认为这两句诗写的是一个人——“抱衾婢”晴雯。

晴雯在绛芸轩，是个类似红娘的“性情卞急，语言犀利”的丫鬟。第五十二回“勇晴雯病补雀金裘”，起因就是半夜宝玉要喝水，麝月出去小解，晴雯等她出去，便欲唬她玩耍，仗着素日比别人气壮，不畏寒冷，也不披衣，只穿着小袄便蹑手蹑脚的下了熏笼，随后出了屋门，只见“月光如水”——正与宝玉诗中“倚槛人归落翠花”的望月情怀相合。

随后晴雯受寒，带着病为宝玉补裘，突出表现了她的志气、勇气和刚烈性格。而“抱衾婢至舒金凤，倚槛人归落翠花”这两句中的诗情画意，又令我忆及老作家端木蕻良于上世纪80年代创作的长篇小说《曹雪芹》来。书里有个服侍雪芹长大，志比金坚，美丽纯洁，在雪芹人生历程中起到重要情感启蒙作用的丫鬟“金凤”，我猜想端木先生即从《秋夜即事》“抱衾婢至舒金凤”此句为人物得名的吧，因他正想写一个晴雯式的女子。

在《红楼梦》第五十一回“薛小妹新编怀古诗，胡庸医乱用虎狼药”里，晴雯受寒初病，贾宝玉偷偷找了大夫：“有三四个老嬷嬷放下暖阁上的大红绣幔，晴雯从幔中单伸出手去。那大夫见这只手上有两根指甲，足有三寸长，尚有金凤花染的通红的痕迹……”

俏晴雯喜以金凤花染指甲，这个描写绝非曹公闲笔。在第七十八回，她临终前特意将红彤彤的指甲剪下送与宝玉，以示悲愤不舍之心迹，并说“我就死了，也不枉担了虚名”，即与前面这短短一笔描摹前呼后应，表现出一种强烈的反抗精神，令世代读者感慨下泪。

而“金凤花染指甲”这个细节，更可证端木先生笔下被曹府以风化罪驱逐出去的“金凤”，确是以晴雯为模本创造出来的文学类型。只是《红楼梦》未完，惜乎《曹雪芹》竟亦未完。不过可以想见的是，丫鬟金凤最终的结局，必是一场与晴雯之死相类的含冤受屈的悲剧命运。

枉自温柔和顺的袭人

“机关算尽太聪明”这话，既是对王熙凤的写照，又何尝不是对袭人的叹息呢。她为摆脱卑贱的身份和苦难的命运，苦心经营了那么久，也是令人同情的，然而断不该为了自保而出卖他人。她的结局，仍旧难逃“千红一哭，万艳同悲”的大悲剧！

《红楼梦》第三十六回“绣鸳鸯梦兆绛芸轩，识分定情悟梨香院”，写的是夏天发生的故事。正午天极热，宝钗却不睡中觉，走进怡红院想找宝玉闲谈，却见袭人正在床边绣东西，同时用蝇帚给午睡中的宝玉赶着什么。她就“近前来，悄悄的笑道：‘你也过于小心了，这个屋里那里还有苍蝇蚊子，还拿蝇帚子赶什么?’袭人不防，猛抬头见宝钗，忙放下针线，起身悄悄笑道：‘姑娘来了，我倒也不防，唬了一跳………’”

不知为什么，在反复阅读这一段时，我总有一种直觉：袭人其实和谁都不是真心亲近的，只是个极客气守礼的人罢了。固然，宝钗在她心里早就是二奶奶的不二人选，但这不代表她认为自己和宝钗是一路人。这是一种很微妙的阶层意识。袭人很明白，自己是奴才，也在暗地使劲向上爬。但驱使她和统治阶层靠拢的动力只是利益，而非情感。

宝钗对袭人还带着那么几分热情，但袭人中规中矩的回答，从字里行间找不出丝毫情感的起伏。也许在对上层生活的艳羡下面，还潜藏着连她自己也不知道的冰冷的，本能的妒忌。“最是个冷面冷心的”评语，怕竟要安在这十几岁少女身上。

她侍候老太太，心中就只有老太太；侍候宝玉，就一条心在宝玉身上。后来贾府败了，她便离去——一切都是利己主义（利益最大化）。在这种心理驱动下，利益与感情表面上融洽一体，骨子里却是完全撇清的。袭人是天生懂得甄别利益与情感的理性主义者。

在第三十七回“秋爽斋偶结海棠社，蘅芜苑夜拟菊花题”中，袭人和同阶层的丫鬟们在一起，倒还有些说笑，可你听她是怎么说的——袭人笑道：“你们这起烂了嘴的！得了空就拿我取笑打牙儿，一个个不知怎么死呢。”

读至此，笔者不由掩卷而叹：好毒的心！只是，机关算尽太聪明这话，既是对王熙凤的写照，又何尝不是对袭人的叹息呢。她为摆脱卑贱的身份和苦难的命运，苦心经营了那么久，也是令人同情的，然而断不该为了自保而出卖他人。她的结局，仍旧难逃“千红一哭，万艳同悲”的大悲剧！

愚不可及的赵姨娘与河东狮夏金桂

赵姨娘之坏，还可念及几分身世之艰；惟“桂花夏家”出身的夏金桂，家中十分富贵，既有姿色，也识字，心中的邱壑经纬，“颇步熙凤之后尘”，浑不似赵姨娘那样“倒三不着两”，却也“酿成个盗跖的性气”，横蛮到了极致“境界”。

曹公笔下，“叙述皆存本真”，“好”“坏”并非绝对，往往并存于人性之中。尤其对女子，他就更怀了十二分的悲悯之心。唯赵姨娘与夏金桂这二位，是红楼里“独二”的头上流脓脚底生疮之坏女人（那些婆子、管家媳妇暂不算在内），连薛蟠、贾珍之流臭男人都自愧不及的。

赵姨娘之坏，还可念及几分身世之艰；惟“桂花夏家”出身的夏金桂，家中十分富贵，既有姿色，也识字，心中的邱壑经纬，“颇步熙凤之后尘”，浑不似赵姨娘那样“倒三不着两”，却也“酿成个盗跖的性气”，横蛮到了极致“境界”。最紧要的是她竟从无半点不忍之心、人道之念。

娶了夏金桂的薛蟠，平日看似骄奢不可一世，其实这样的人又往往最无刚性，欺软怕硬。只看与柳湘莲单挑落败时他是何等样卑躬屈膝就知。如今，在卧房内与一母夜叉独对，必会丢盔卸甲败下阵来。雪芹形容得好："有酒胆无饭力"——夏金桂能把他踩在脚下，还因为她实在看不起他。好色如命，正是薛蟠这种人如影随形的本性，既是没有原则之辈，那么只顾淫乐，"怜新弃旧"就是必然的了。最后薛蟠竟得陇望蜀，连金桂陪房丫头宝蟾也摸上了。这正是紫鹃对这类"公子王孙"们"今儿朝东，明儿朝西，娶一个天仙来，也不过三夜五夕，也丢在脖子后头了"的形象证明。

无怪薛姨妈气得说："骚狗也比你体面些！叫老婆说嘴霸占了丫头，什么脸出去见人！"而薛蟠占有宝蟾不成，竟迁怒于服侍自己多年的香菱。在极端利己主义驱使下，还讲什么夫妻人伦，竟是劈头盖面打下去以发泄心底暴力，把在新夫人那里受的气，原封转移到弱者头上去。

果然在新夫人的威风下，薛蟠彻底被炮制熟烂。天理昭昭，最是疏而不漏。夏金桂无意中为历年被薛蟠侮辱损害以至害死者如冯渊，如香怜玉爱，亦如香菱……出了气，报了仇。只香菱因身陷其间，反更遭了一层苦难。叹香菱真有如菩萨，集世人悲苦于一身，"有命无运"，只能以一句"前生之数"掩过了！

赵姨娘没有权力也无胆略与她的对立面抗衡，竟走出一着游戏规则之外的险棋：巫蛊，而且差堪成功。夏金桂骂也敢骂，打也敢打，却也完全不按游戏规则出牌。宝钗的心计不谓不丰，然对付太太、黛玉、宝玉、湘云自是绰绰有余，亦能轻松骗过精明的小红，在完全无理可讲的嫂子面前却全无了方寸，只能"暗以言语弹压其志"。宝钗的武器，遇到没一点人味之辈，也就失了锋芒。

高鹗续作对夏金桂的处理手法还是妥当的。上帝若让一个人灭亡，必先使他疯狂。这样一个人，如非存心害死香菱，制造窦娥冤，自作自受，怕无人能奈何得了她。而她在薛蟠入狱后挑逗小叔子薛蝌的种种不堪行为，倒有些类似书中对尤三姐的形容："竟似她嫖了男人了！"只是三姐虽有淫奔之行，却始终还葆有一颗人心。夏金桂却是孙二娘式的人形野兽。

《红楼梦》里点题人

红楼一梦，梦中人皆是懵懂，唯有茫茫大士与渺渺真人，深知来龙去脉，是这一梦的点题之人。

送石入世历劫难

《红楼梦》第一回讲到，在大荒山无稽崖青埂峰下，有一块女娲弃而未用的灵性已通的大石。偶然间僧人茫茫大士与道士渺渺真人来至峰下讲些玄幻之事，“说到红尘中荣华富贵”。此石听了，打动凡心，求他们带自己到那“富贵场中，温柔乡里”去享受几年。那僧便“念咒书符”，将它变为美玉，袖了同道人“轰然而去”。

接下来的一幕很有电影蒙太奇的现代艺术效果，只见二位仙人又同时出现在红尘中一二等风流富贵之地苏州，而且是在甄士隐的梦中，“且行且谈”。他们的谈话内容正解答了石头在幻形为玉时提出的问题：“不知携了弟子到何地方?”原来，“现有一段风流公案正该了结”。这段“风流公案”指的是西方灵河岸边赤瑕宫神瑛侍者凡心偶炽，在警幻仙子案前挂了号，意欲下凡去造历幻缘。曾受神瑛甘露之惠的绛珠仙子也要同下世为人，还他眼泪——这二人就是宝黛的前身。茫茫大士说“因此一事，就勾出多少风流冤家来，陪他们去了结此案”。这些风流冤家中自然也夹带了那块后来戴在宝玉脖子上的石头。

由此可知大观园诸人都来自天上。而在甄士隐做梦之际，僧道尚未将石头“交割清楚”，故此时宝玉应未降临人世。但风流孽鬼“已有一半落尘”，当指比宝玉年长的元春等已出生。僧对道说得明白：“待风流孽鬼下世已完，你我再去。”去干什么呢？度脱诸人逃离苦海，回归天庭。

梦醒后，甄士隐抱着女儿英莲来至街前看过会的热闹。“只见从那边来了一僧一道，那僧则蓬头跣脚，那道则跛足蓬头……”可见这时风流孽鬼们下世已完，僧道已来人间。这正是“梦中方片时，世上已数年”！更妙的是，甄士隐并未认出他们就是刚才在梦中出现的僧、道。由此细节可知茫茫大士、渺渺真人在天上与人间的面貌是截然不同的。这写法就叫“一丝不乱”。而且甄士隐梦中的两位仙人，是“不辨在何地方”的，可见梦中的甄士隐大约是借了梦境暂时回归天上，才得以与仙人的真身相见。想来这些前身来自天庭的“风流冤家”，如甄士隐、贾宝玉、林黛玉，常会如此这般在梦酣梦醒间出入天庭与人间。

英莲（谐音“真应怜”，后改名香菱）是仙人首当其冲要度脱的对象。而且是两个人一起郑重其事地来要她。可见她是全书总纲性的人物，命薄而又薄。但甄士隐不肯让女儿出家，故英莲接下来必将在红尘中经历大劫。全书中有着与英莲同样传奇经历的三个女孩子，两个也都是姑苏女儿。第一个就是林黛玉。

黛玉在七八岁进贾府后曾自云，三岁时家里来了个癞头和尚，要化她出家，父母固是不从，和尚又说："既舍不得他，只怕他的病一生也不能好的了。若要好时，除非从此以后总不许见哭声；除父母之外，凡有外姓亲友之人，一概不见，方可平安了此一生。"这里的"外姓亲友"，自然就是指贾宝玉。因为癞头和尚——茫茫大士的化身深知黛玉前身绛珠在警幻案前许下的还泪之说，所以他是站在全息的立场上尽可能地点化"有缘人"。此缘不关情爱，只系着命运二字。然而黛玉的感情是如此强大，它是前世带来的，她又如何能接受点化，逃避掉泪尽而亡的悲剧命运呢？

更巧的是，宝钗自云小时也见过一个秃头和尚。这秃头和尚虽非癞头和尚（有的版本清清楚楚就是癞头和尚），但十有八九也是茫茫大士在人间的另一化身。已是自英莲、黛玉以来第三次在人间现身了。

宝钗服用的冷香丸，就是和尚给的海上方。冷香丸，顾名思义，是要克她胎里带的一股"热毒"。这热毒是什么东西？我以为，它正是"因此一事，就勾出多少风流冤家来，陪他们去了结此案"期间所生之情。茫茫大士给这个方子，为的是使宝钗能将这股命定的无妄之情多少压制住，今后就可少些绝望之痛。

而自幼服用"冷香丸"的宝钗，果然是颇具理性色彩的。她不以书字为事，只留心针黹家计。她对黛玉说："你当我是谁，我也是个淘气的……诸如这些'西厢''琵琶'以及'元人百种'……我们却也偷背着他们看。"

我颇疑宝钗"觉悟"到以上诸书都是"坏人心性"的情书，从此留心仕途经济的年纪，正是服用冷香丸之际。这是借冷香丸之力，把那股"淘气"的，"移了性情"的"热毒"给暂压下去了。自此后，她果然变得品格端方、举止娴雅，行为豁达、随分从时，彻底掐断了“情种”的根芽。倘若不是选秀女事不顺，她恐怕早就如元春一般进入深宫搞政治去也。

另一个姑苏女孩妙玉的遭际是与黛玉最像的。她祖上也是读书仕宦之家，而且也是自小多病。但她“到底亲自入了空门，方才好了”。不知当初是否也受过大士或真人的点化，书中并未具体提及。

从以上字里行间的蛛丝马迹，可做一点基于文本的合理推测，即茫茫大士、渺渺真人来到人间后，多为分头行动。这也正应了甄士隐在梦中听见真人对大士说的话：“你我不必同行，就此分手，各干营生去罢。”这样“各干营生”，不相往来持续了很久，直至第二十五回王熙凤、贾宝玉姐弟被赵姨娘做法害了，已不中用，宝玉甚至说出“从今以后，我可不在你家了”的话，情势间不容发，癞头和尚与跛足道人才又同时现身。茫茫大士对着宝玉说得很明白：“青埂峰一别，展眼已过十三载矣！”可见月移星转，一眨眼僧、道也已下世分离十三载了。在这十三年里，借众人的间接叙述，茫茫大士化身癞头和尚、秃头和尚，已在人间露了好几回面，渺渺真人却似乎悠闲得很，没有实现太多“业绩”。这是否也从一个侧面反映了在曹雪芹生活的清朝中叶，佛教势力远比道教要兴盛得多呢？

告别恨海归情天

只在第十二回，当贾瑞中了凤姐的相思局后，“忽然这日有个跛足道人来化斋，口称专治冤业之症”。“业”，同“孽”，正暗合前面所说的“这一班风流孽鬼”，那么贾瑞自然也是孽鬼之一了。实际上，若以一种全息的视角来体察，就连赫赫扬扬风光无限的荣宁二府上下人等，也不过都是因神瑛、绛珠下凡一事引出的风流孽鬼！

正因为他们在天上的前世里“结冤造孽”，在这红尘的一世才需要仙人们来救，来度。

而那跛足道人自是渺渺真人化身无疑。他给了贾瑞一面镜子“风月宝鉴”，两面皆可照人，并说此物出自太虚幻境空灵殿上，警幻仙子所制。可见，这面镜子是他专向仙子讨来下世度人用的。更有趣的是，渺渺真人度的都是男人，茫茫大士度的对象，则几乎都是女子！

这样又直到第六十六回“情小妹耻情归地府，冷二郎一冷入空门”，尤三姐刚烈自尽，柳湘莲后悔不及，出门无所之，似梦非梦，忽听环佩叮当，尤三姐一手捧鸳鸯剑，一手捧着“一卷册子”，泣道：“妾……今奉警幻之命，前往太虚幻境修注案中所有一干情鬼。”乍听起来，说此话的尤三姐很像一个赶往教师进修学校修订中学课本的老师。她所言的“修注”，与僧道第一回在甄士隐梦中所说的“销号”当属不同阶段，位于不同层次，多少带着些“补订”之意。这该怎么理解呢？我想，能不能看作在这么多年过去后，警幻仙子逐渐发现从情天情海下达的旨意经过亿万光年的传递，到达情地时已多少有了些偏差。那些下凡的人物己逐渐有了自己的思想，正意图挣脱命运的网罗。于是就亟需尤三姐重回幻境去“修注”一番？要知道，此时离贾府家破人亡已不远矣。

无论如何，尤三姐也是“一干风流冤孽”中的重要人物无疑。在前八十回里，在重归天上的女子中，她的地位虽比不上第十三回就死了的秦可卿是警幻仙姑之妹，还是宝玉的性启蒙者，是家庭巨变的预感者，是浓墨重彩塑造的仕女班头；却也与在第七十八回夭亡的晴雯的地位差不多——晴雯是回天上司掌芙蓉花的花神。

失去了尤三姐的柳湘莲，随即也被专度男子的“跛足道士”——渺渺真人点醒，随着他不知所踪了。

另有一层，第六十六回的题目为“冷二郎一冷入空门”。根据脂批透露的线索，后面还有个“二冷”，系指已丢失的后八十回的某个回目。这个“二冷”，系指柳湘莲后来重出江湖，做了“强梁”。既然会重出江湖，那柳湘莲做道士而非和尚，似乎就更易于还俗些。虽然曹公也写他掣出剑来将“万千烦恼丝一干挥尽”，遁入空门，但因不做和尚，大概头发剃得并不够彻底吧。难道这就是曹公安排渺渺真人出面度脱他入道的另一个深层原因吗？

现在回过头，再说说茫茫大士、渺渺真人在第一回就约定的“销号”。我把它定义为一次“最后的拉网行动”。

茫茫大士说：“三劫后，我在北邙山等你（指渺渺真人——笔者注），会齐了同往太虚幻境销号”。

这里的“三劫”，呼应的是第五回警幻仙姑为宝玉演示的曲子所唱“三春过后诸芳散，各自须寻各自门”的三春。到三春过后，正是花落水流红，千红一哭万艳同悲，大观园诸芳死的死，去的去，黛玉、宝钗等重要人物也已纷纷离世归天。待茫茫大士和渺渺真人回归本色，最终在北邙山“会齐了”之时，即大观园众生，即一众“风流孽鬼”全部魂归天上之际。这一次，他们终于全被“度”了。然后，一干人在茫茫大士和渺渺真人带领下集体在警幻案前销号，尘归尘，土归土。一切重归虚无。然而，终有一部《石头记》，记下了红尘中发生的一切，记下了闺阁女儿们的历历精神。

还有一个容易让初读者混淆的地方，是第一回中间，还出现了一位道人“空空”。读者很容易把他和渺渺真人混同起来。但仔细品读，我们就会发现，这位空空道人后来虽也到了大荒山无稽崖青埂峰下，他的道行却远不及前辈，因他还要去继续“访道求仙”。

不过，正是这个空空道人，“忽见一大块石上字迹分明，编述历历”。乃从头一看，“原来就是无材补天，幻形入世，蒙茫茫大士、渺渺真人携入红尘，历尽离合悲欢，炎凉世态的一段故事……”他看到了一干人在红尘世界所有过程的细节。他的作用就像一道桥梁，经过他的笔，将一段被反刍后高度提炼的精神重新传回红尘，才使得万千后来人解出了“其中味”！

红楼一梦，荒诞离奇

这个荒诞却极深刻的梦境刻画，正如《红楼梦》中满街之人个个都赞的热闹戏文，在少年贾宝玉眼中，却繁华到了不堪的地步。

众所周知，贾宝玉是一个出世的人，人送绰号“无事忙”。因他最大的乐趣就在为女孩子们操心、服务。可读者往往忽视了他在另一维度上的生存能量：在家庭生活和处理女性关系的许多琐事上，贾宝玉很懂得世故。

贾家的原型曹家并非真正意义上的诗礼传家之族。曹家虽然富贵，却始终背着“包衣奴才”的牌子。《红楼梦》中贾府奴才赖嬷嬷那句“你那知那奴才两句是什么写的”真真是点题之语，正系曹家自己的肺腑血泪，振聋发聩。

在这个大家族里，聚会玩乐越是繁华靡丽，骨子里就越为一种绝望与堕落的气氛所笼罩。可以想见，一个孩子从小就在这样复杂畸形的家庭环境中浸淫，必得非常入世才得以生存下来。

曹雪芹自称“旁观冷眼人”，他在写作《红楼梦》时，已经彻底走到了人生的边缘，对现实社会、宫廷、官场的黑暗、封建贵族阶级及其家庭的腐朽，能以超然世外的心态去远远地展开回忆，发出无忌的嘲讽，同时却又不可避免地流露出心底层层累积的自责、自审与自赎的矛盾情感。这也是一种渴望入世的表现方式。

曹雪芹曾借着贾宝玉之口道出从古至今无数“处江湖之远”的文人群体普遍的自伤情结：正因“无材补天”，才会“幻形入世”。《红楼梦》第一回有偈云：“无材可去补苍天，枉入红尘若许年。此系身前身后事，倩谁记去作奇传。”甲戌本脂批于“无材补天，幻形入世”后评道：“八字便是作者一生残恨。”又于“无材可去补苍天”诗后评：“书之本旨。”在“枉入红尘若许年”后更补道：“惭愧之言，呜咽如闻。”故周汝昌先生断言：“曹雪芹从那块通灵石头下笔，写到宝玉这么一个‘孽根祸胎’，不是随便开玩笑的，是千回百转千锤百炼后，以沉痛的心情，严肃的笔墨来写的。”

只有彻底理解了这个社会大背景，方能明白为什么贾政要苦逼宝玉在举业上出人头地。直到第七十五回，贾政才终于反思到：祖宗们各各亦皆如此，虽有深精举业的，也不曾发迹过一个，看来此亦贾门之数。贾政的这番喟叹，正是当时部分意图摆脱草莽家风的大户人家真实心理状态之写照。“富贵何常，子孙不可无文”——然而在以军功发家，花团锦簇、烈火浇油的贾府，又有哪个子孙能听得进这种逆耳忠言呢？所以发生在这些贵族家庭里的种种美丽繁华的画面，到头来都不过是一场场无痕的春梦。

故而《红楼梦》开头就意味深长地提到了“乱哄哄你方唱罢我登场，到头来都为他人做嫁衣裳”的哲学大命题。第十九回贾府摆宴，唱的是《丁郎认父》《孙行者大闹天宫》等类的戏文，“倏尔神鬼乱出，忽又妖魔毕露”，满街之人个个都赞：“好热闹戏，别人家断不能有的。”只有少年宝玉深刻地感到，“繁华热闹到如此不堪的田地”。

曹雪芹的祖父是康熙皇帝的心腹，在江南结交了许多名士，搜罗了许多奇书。我相信曹雪芹能写出以上这一段深刻的文字，或许读过明末绍兴人董说的《西游补》。

董说的经历与曹雪芹相似，都出身于“房屋巍焕，田园膏腴”的世家大族。在经历了天翻地覆的甲申之变后，董说大彻大悟，剃度为僧。在他创作的奇幻小说《西游补》里，梦游的孙悟空进入万镜楼台，听见舞台下有人闹说：“《南柯梦》倒不济，只有《孙丞相》做得好。原来孙丞相就是孙悟空，你看他的夫人这等标致，五个儿子这等风华。当初也是个和尚出身，后来好结局，好结局!”

这个荒诞却极深刻的梦境刻画，正如《红楼梦》中满街之人个个都赞的热闹戏文，在少年贾宝玉眼中，却繁华到了不堪的地步。

鲁迅先生曾写下这样的长诗：“很多的梦，趁黄昏起哄。前梦才挤却大前梦时，后梦又赶走了前梦。去的前梦黑如墨，在的后梦墨一般黑。去的在的仿佛都说，‘看我真好颜色。’而且不知道，说话的是谁?”

先生笔下具有现代派意味的艺术表现形式，却栩栩如生地拈出了贾宝玉眼中“神鬼乱出，妖魔毕露”的封建社会世俗百态背后不堪一击的虚无。

归根到底，依然都离不开那个“梦”字。

酒令里的“女儿”们

在《红楼梦》第二十八回，宝玉、薛蟠、冯紫英等人聚会，宝玉发了一个关于“女儿”的新酒令：“如今要说悲、愁、喜、乐四字，都要说出女儿来，还要注明这四字原故。说完了，饮门杯。酒面要唱一个新鲜时样曲子；酒底要席上生风一样东西……”我认为，诸人（除妓女云儿）所说的“女儿”，皆是指他们现在或未来的“心上人”。

愁云惨雾拢悲情

宝玉先道：“女儿悲，青春已大守空闺，女儿愁，悔教夫婿觅封侯”——就是在影射黛玉未来的遭际。

乍一看，“悔教夫婿觅封侯”，似乎很不符黛玉孤标傲世的性情。她是绝不会说出“觅封侯”“这些混账话”的。但这只是她的个人觉悟，他人对宝玉前途的支配却是她无法阻止的。这句诗，显然脱胎自大家耳熟能详的唐代王昌龄《闺怨》：“闺中少妇不曾愁，春日凝妆上翠楼。忽见陌头杨柳色，悔教夫婿觅封侯。”营造的是一幅怨女凭栏而思的凄婉图画。

而在第七十八回，在散声一片的悲剧前兆里，突然插入了一个“林四娘”的故事，或许正暗伏八十回后宝玉等贵族子弟随朝廷军队西征失踪之事。如果按这个思路推导下去，那时黛玉已至出阁年龄，而宝玉的“觅封侯”还全无踪迹，甚至为“立功”，连性命都堪忧了。那么黛玉在孤寂与担忧驱使下上楼凭栏，睹物思人，感伤不已就是肯定发生的了。而且宝玉赴宴前正有段情节，“只见有人进来回说‘外头有人请’。宝玉听了，忙撤身出来。黛玉向外头说道：“阿弥陀佛！赶你回来，我死了也罢了。”

黛玉此句是否暗寓后文？——当黛玉死时，宝玉还流落在外？而宝玉的酒底是“席上生风的一样东西”，则更饶富深意：“雨打梨花深闭门”——这句诗，营造的是怎样一副凄婉寂寞，若有所失的画面啊。

花气袭人知昼暖

而戏子蒋玉菡酒令说的“女儿”，显然就是后来嫁与他的袭人。“女儿悲，丈夫一去不回归”，也许指的是宝玉出家甚或出征时的不归，可能那时袭人就离开了贾府。“女儿愁，无钱去打桂花油”，更让我想到第六十二回众人射覆时，湘云戏谑的“这鸭头不是那丫头，头上哪讨桂花油”。1987 年版《红楼梦》电视剧特意安排了一个细节：由袭人过去催促湘云“别只顾吃，到底快说了”，终于引出湘云如此调侃，引得众丫鬟不服，同上去给湘云灌酒，一片天真情态惟妙惟肖。电视剧倒真是详解了雪芹文本。至于蒋玉菡说的“女儿”之喜、乐，当指袭人与蒋婚后生活情状。而酒底“花气袭人知昼暖”——此说笃实也。

草蛇灰线命多歼

令人迷糊的还是冯紫英的说唱。他的“对象”系指何人？出场寥寥的冯学英绝不寻常，竟是个大关键人物。所谓“铁网山被兔鹘捎了一翅膀”，“不幸中之大幸”等语都大有讲究。

他的酒底是最值得用心探索的：“鸡声茅店月”——考全书所有对子、联诗、射覆等酒令活动，只有第六十二回出现过“鸡”：竟系探春为与宝钗对点射覆，用了“鸡窗”“鸡人”之典。冯紫英这酒底原是席上生风的一样东西——鸡肉。而探春射覆，说了“窗”、“人”；宝钗见席上有鸡，便知她用了“鸡窗，鸡人”之典。一样都是席上的鸡肉，真可谓草蛇灰线，伏延千里。

探春是赵姨娘的女儿，这一直是她的最大心病。王熙凤曾说，日后给探春论亲时，多有人家因她是庶出而不要的，若有那“不拘正庶”的得了去，那人可谓造化。可若探春真的让冯家“不拘正庶”的得了去，如何又有远嫁做王妃一说？能否这样解释——探春确曾许配冯紫英，但未出阁贾府即败，南安王将她顶替郡主，远嫁海隅和亲了——所谓“鸡声茅店月”，又是一语双关，系悲叹漫漫旅途之无限凄冷也。探春身体强健，可能如唱词里说的生了双胞胎，此是后话——第五回宝玉梦游幻境时，见探春的画上是“两人放风筝，一片大海，一只大船，船中有一女子掩面涕泣之状”。后面四句“才自精明志自高，生于末世运偏消。清明涕送江边望，千里东风一梦遥”。这“清明涕送”，是否也指她曾在清明暗悼过冯紫英之死呢？

这还能更好地解开画中放风筝的两人究竟是谁的悬念——第七十回，众人在春天放风筝，“探春正要剪自己的凤凰，见天上也有一个凤凰，因道：‘这也不知是谁家的。’众人说看它倒像要来绞的样儿。只见那凤凰渐逼近来遂与这凤凰绞在一处。方要收线，那一家也要收线，正不开交，又见一个门扇大的玲珑喜字带响鞭在半天如钟鸣一般也逼近来。三个绞在一处线都断了，三个风筝飘摇都去了。众人哄然一笑说可不知那喜字是谁家的，忒促狭了些。”

这只促狭的喜字风筝，是否即探春远嫁的象征？而那两个“绞在一处，方要收线”的凤凰风筝，则预兆了探春与紫英这有通家之好的小儿女最初的因缘？“正不开交，又见一个门扇大的玲珑喜字带响鞭在半天如钟鸣一般也逼近来”，是否寓意探春远嫁是极匆忙中定下的，她的永别家人，奔赴异乡，都发生在极短暂的一段时间内呢？

如此隐秘的政治斗争，却借着烟雨画楼、春日结社这样的诗意行为，曲折地表现出来了。“从今分两地，各自保平安，奴去也，莫牵连”——探春的判词，若视做对情郎的心曲暗吐，也是可以的。

这里再多说一句：探春的原型究竟是谁？

大某山民评说：“贾氏孙男，俱从玉旁。探春玫瑰之名，恰有深意。”贾府四个女孩儿，只有探春有“刺手的玫瑰”之称，而玫瑰二字，又恰恰与同辈孙男一般从玉。可见探春竟有不让须眉之态，甚至比男儿都有出息。在探春“我若是个男儿，早出去干一番事业了，那时自有道理”的豪言壮语旁，脂砚叹息评点说：设若“探春”还在，曹家就不至落到如此地步。可见在曹氏家族，“敏探春”的口碑是带着浓郁传奇色彩的。探春竟有挽救家族的担当与魄力。

而这样一个奇女子，竟出于赵姨娘肚中，与母亲，与同母兄弟贾环的差别都是天悬地设的，这真是造物主最离奇的讽刺，也是生活最大的真实。

曹雪芹有两个姑姑。长姑母即曹寅长女，经康熙指婚嫁与铁帽子平郡王讷尔苏，应是宝玉长姐元妃的艺术原型；小姑姑的丈夫是康熙侍卫，后来也袭了爵。

关于曹寅的次女，我们掌握的史料远比康熙指婚给平郡王的长女少得多。可以做一点并不武断的假设和推论：这个次女，如探春一样，是庶出，但具有政治家的才情与风度。某个与曹家有通家之好的贵族子弟，听说了她传奇性的才貌，深深爱慕她，其父母不拘正庶，有过为他们连亲之意，但后来康熙忽然将她指婚给了自己的侍卫。

吴世昌先生指出，贾宝玉并非曹雪芹自己的写照，而是以其叔父为原型。《石头记》前二十多回中有些可能出自脂砚残稿，其中有些夹文夹白的写法未经雪芹删净。清人裕瑞《枣窗闲笔》亦云："闻其所谓宝玉者，尚系指其叔辈某人，非自己写照也。所谓元迎探惜者，隐寓原应叹息四字，皆姑祖辈也……"

探春的生活原型既是雪芹"姑祖辈"，就很可能是曹寅次女。因她"也是个王妃"，和姐姐的命运相类；但可能早死，或随夫远远地去了。

珍珠罗、软烟罗、茜香罗和绿冷布

过去，北平住家窗户上糊的是窗纸和窗纱，窗纱的珍贵程度也反映了主人的财力。

官纱有了新用场

故宫景仁宫和延禧宫中间有几间上锁的房子，就是昔日故宫的茶库和缎库，很有故事。

“中华谈吃第一人”唐鲁孙幼年常出入皇宫，颇能谈天宝旧事。他在《故园情》中云：“北平前门大街泰昌绸缎庄大掌柜的白品三，到故宫拍卖处参观，本是打算买茶膏的，因为茶膏卖完，他是绸缎行出身，于是信步到卖绸缎的地方去看看。绸缎糟朽他一看便知，他当然不会去花钱上当，可是他发现有两只躺箱，放的都是五颜六色整卷的实地纱跟官纱。这种透明纱原来是夏天衬在袍褂里穿的，现在谁还要透亮的纱呀！可是白品三别具慧眼，他把两躺箱的纱全部买下来。北平住家房子玻璃窗上层都是大窗户，冬天糊上纸，只留小卷窗，一到夏天就把糊窗纸撕去，普通人家改糊绿色冷布，讲究人家则糊珍珠罗。白品三觉得那些实地纱花样款式都非常典雅大方，挑选天蓝、浅蓝、翠绿、墨绿、浅绛香色等比较暗淡一点颜色的，代替珍珠罗糊在窗户上，既显得别致秀逸，又有阴凉舒畅的感觉。后来袁项城的长公子袁克定知道了，千方百计从白品三手上弄了几卷去，糊在颐和园他住的画中游书室。这也是故宫出售物资一段小掌故。”

何谓官纱？系浙江杭州、绍兴一带产的一种丝织品，经线用生丝，纬线用熟丝织成，质薄而轻，多用做夏衣，旧时多贡于内廷，所以叫官纱。

《红楼梦》里的软烟罗

想来这个白掌柜和袁世凯的长子都是熟读《红楼梦》的雅人。

《红楼梦》第四十回，刘姥姥二游大观园，一行人到了林黛玉的潇湘馆，贾母要把糊窗的纱换了：“这个纱新糊上好看，过了后来就不翠了。这个院子里头又没有个桃杏树，这竹子已是绿的，再拿这绿纱糊上反不配。我记得咱们先有四五样颜色糊窗的纱呢，明儿给他把这窗上的换了。”凤姐儿忙道：“昨儿我开库房，看见大板箱里还有好些匹银红蝉翼纱……”

贾母听了笑道：“呸，人人都说你没有不经过不见过，连这个纱还不认得呢，明儿还说嘴。”

原来那个纱比王夫人的年纪还大，不知道的，都认作蝉翼纱。正经名字叫作“软烟罗”。软烟罗只有四样颜色：一样雨过天晴，一样秋香色，一样松绿的，一样就是银红的，若是做了帐子，糊了窗屉，远远看着，就似烟雾一样，所以叫作“软烟罗”。那银红的又叫作“霞影纱”。贾母特别点出，如今上用的府纱也没有这样软厚轻密的了。

凤姐忙把自己身上穿的一件大红绵纱袄子襟儿拉了出来，向贾母薛姨妈道：“看我的这袄儿。“贾母薛姨妈都说：“这也是上好的了，这是如今的上用内造的，竟比不上这个。”凤姐儿道：“这个薄片子，还说是上用内造呢，竟连官用的也比不上了。”

高阳笔下的紫罗和珠罗

中国古代丝织品种有绢、纱、绮、绫、罗、锦、缎、缂丝等。丝绸面料名目繁多，仅“罗”就分生罗、熟罗、横罗、直罗、七彩罗、九丝罗。从《红楼梦》的描述看，纱与罗极易混淆，甚至本就为一体，故连见多识广，娘家“地缝扫扫也够贾家过一辈子”的王熙凤也在老太太面前出了洋相。

台湾著名作家高阳以曹雪芹家族为蓝本创作的小说《秣陵春》里，李家少奶奶的丫鬟，“先去铺床，抖散一床紫罗夹被，虚叠在里床，然后放下半边珠罗纱帐子……”和1987年版电视剧《红楼梦》里，怡红院的袭人给贾宝玉铺床的细节一丝不差。

话说这“紫罗”既能做夹被的被面，应该和“软烟罗”差不离，是软厚细密的，但又不会很厚实，因为这个场景发生的时间是夏天的夜晚。而做帐子的珠罗，应该就是民国年间大宅门人家糊在窗子上的“珍珠罗”了。高阳出身科第世家，笔下最好看的就是这些大家子的衣食住行，一应细节都是“锃锃亮”的。

《红楼梦》第二十八回“蒋玉菡情赠茜香罗，薛宝钗羞笼红麝串”，蒋玉菡回赠宝玉北静王赏他的一条“茜香国女王进贡的”罗制汗巾子。后面点明是大红的颜色。想这茜香罗，应该也是一种软厚细密的丝织品。

空谷传音，剥削阶级的没落

曹雪芹的祖父曹寅被康熙皇帝任命为江宁织造，负责织办宫廷里和朝廷官用的绸缎布匹，他家库房的东西，自然是上好的。贾母说"如今上用的府纱也没有这样软厚轻密的了"。凤姐身上用内造的袄子襟儿，不但比不上库存的旧货，而且"连官用的也比不上了"。不经意间点出曹雪芹生活的乾隆初期与曹寅当年任织造时的康熙盛世绸缎布匹质量的巨大差异，更影射出时代的变迁，亦以空谷传音之手笔，点出深宫里的种种无奈。

按，清末野史记载光绪皇帝居所之寝陋，令外人目瞠口哆，而他所吃鸡蛋费赀竟远超市价十倍，概为贪污、虚报成风的御膳房所欺也。曹雪芹生活的乾隆初年虽尚为"盛世"，然此时距清朝立国已百年，正所谓"外面虽未倒，内囊也渐渐翻上来了"。贾府子弟之不知稼穑艰难，疏于骑射，耽于奢华，正深层次反映了整个剥削阶级不可挽回的堕落。

而生于深宫，长于妇人之手的凤子龙孙们，所用竟还不如官用的，其受蒙蔽之渐深，寄生性之渐重，竟由王熙凤一语揭露天机，也正证实了后面探春说的"我们这样大户人家，外面看着何等热闹，倒不如小户寒门舒心"之语，有着何等深刻的逻辑。

而晚清故宫库存的五颜六色的实地纱跟官纱"原来是夏天衬在袍褂里穿的"，与凤姐以内造上等纱作袄子襟的做法也十分相类。

《红楼梦》里任意铺张、挥霍无度的生活，呈现出的是传统社会发展至顶峰后即将走向衰败的昙花一现、天鹅之歌。老作家端木蕻良在长篇小说《曹雪芹》里曾借老太太之口说，当年江宁织造府晒的纱，单是一样颜色，就有几十种深浅不同，这边一层层的浓上去，那边又一层层地淡下去……

唐鲁孙笔下晚清至民国初年北京讲究人家窗户上糊的珍珠罗，自然比不上《红楼梦》里的软烟罗，然其意差可拟之。而袁克定将那些颜色暗淡的实地纱花样款式糊在美轮美奂的颐和园，那么他从窗户里看出去的碧树水影，又自然比林黛玉的潇湘馆更胜一筹了。

老百姓用的绿冷布

至于北平住家一到夏天就把糊窗纸撕去，改糊绿色冷布等，是不管大小四合院，不管贫家富户，最起码的消暑措施。冷布名布而非布，非纱而似纱。据邓云乡先生考证，这是京南各县用木机织的一种单股细土纱，入夏之后，把外面或里面窗吊起，把纱屉子的旧纸旧纱扯去，糊上碧绿的新冷布，雪白的东昌纸作的新卷窗，不但屋始洞然，而且空气畅通，清风徐来，爽朗宜人。

八宝紫金万应锭，唯爱人工卖春色

刘姥姥二进大观园，贾母送她几包药，我猜想大约就是御药房配的，里面有梅花点舌丹、活络丹、催生保命丹，更有唐鲁孙先生介绍的御药房经典名药紫金锭。对贫苦百姓如刘姥姥，若非巧遇此等机缘，真是一辈子也绝不可能见到这些大内救命良药的。

耆宿唐鲁孙先生幼年常有机会出入皇宫，他在《御药房》一文中说，清代的御药房，主要工作除了煎煮汤头水药之外，并且配制各种丸散膏丹，还有夏令所需的各种暑药，如卧龙丹、保健丹、平安散、避瘟散、通关散、八宝紫金锭、加料万应锭之类，而其中的紫金锭、万应锭更为名贵。

紫金锭有双鱼、吉庆、八仙、福寿字、八卦、双喜，花纹细致，形态古雅，式样繁多，暑天用丝绳串起来，给小孩挂在二襟上可以随时取用应急。万应锭主药是古墨。清宫藏墨甚多，所制万应锭墨古老，金箔厚，古墨性凉，金箔化痰，遇有小儿惊风抽搐，方敢服用。

而《红楼梦》中人物生活在清朝中叶，和皇室也保持极密切联系，家族里凡有人生病，都请太医前来问诊。刘姥姥二进大观园，贾母送她几包药，我猜想大约就是御药房配的，里面有梅花点舌丹、活络丹、催生保命丹，更有唐鲁孙先生介绍的御药房经典名药紫金锭。对贫苦百姓如刘姥姥，若非巧遇此等机缘，真是一辈子也绝不可能见到这些大内救命良药的。

唐鲁孙先生还谈到北京护国寺门外，靠着高墙的边，摆满了石榴、海棠、桃、杏、丁香等有色有香的一类花木。江东才子杨云史有一首竹枝词："崇国寺畔最繁华，不数琳琅翡翠家。唯爱人工卖春色，生香不断四时花。"

护国寺附近有几家花厂子，把式们培养出的花树，随形趋式巧夺天工，花厂子一共四家，是"奇卉""莲记""蕙芳""远香"，他们每家在丰台都有十亩八亩不等的花圃暖房，在护国寺的也不过等于门市部。有些大户人家，自己家里没有温室，家里如果有比较名贵又怕冻的花木，像香橼、佛手、茉莉等，一过重阳都可以委托花厂子挑去，放在他们的花洞子里保养过冬。

《红楼梦》第四十一回中有刘姥姥的孙子板儿与王熙凤之女巧姐用佛手换香橼的故事，夹批云：柚子即今香团之属也，应与缘通。佛手者，正指迷津者也……暗指两个小儿女日后的因缘。或许贾府日常供的佛手香橼，都是在护国寺的花厂子保养过的。第三十七回，贾氏族人贾芸呈给贾宝玉的《送白海棠帖》里，说他"认得许多花儿匠，认得许多名园"，弄了两盆白海棠来孝敬宝玉，由此引出海棠诗社的成立，亦可证贾家和花厂子的密切往来。

薛蟠之妻夏金桂，外号"河东狮"，因她出身富贵皇商家庭，似乎比薛家还富了一层。夏家的生意就是花厂子。"金桂"的名字就是因为她家有“几十顷地种着桂花”。她家又称为“桂花夏家”，非常富贵，城里城外桂花局，俱是他家的，连宫里一应陈设盆景，亦是他家供奉。

书里未详写夏家居所在何处，但由唐先生文章，可推见他家的花厂子大约就在护国寺一带，而且必定也在丰台拥有大片花圃暖房。北京丰台有地名曰“花乡”，至今沿用，由地名反映了历史，正如《红楼梦》的“以文证史”。

香花插向鬓边斜

古代的女子甚至男子，也喜欢捯饬自己的头发。如同现代女子烫发、染发、剪发花样之多，对自己的头发狠下工夫，以往女子甚至男子对自己的头发也极其用心，他们的头饰也挺漂亮。《红楼梦》里的女孩子都喜欢簪花，连刘姥姥也插了一头的菊花。

簪的蝴蝶是用茉莉蕊做的

自唐代以降，文献记载乃至各种图画流传中，都不乏男子戴花的记录。清代举人杨懋建的《京尘杂录》，第三种“丁年玉笋志”乃游戏花丛之作，写的是道光丁酉（1837）新出道的伶人。清代不许女子唱戏，这些在台上千娇百媚的旦角，其实都是乾伶。

其中特记一个叫鸿喜的少年，“以豆青瓷盒装茉莉蕊，攒结大蝴蝶两支，次第安戴鬓旁”。为映衬、搭配这对茉莉蕊制成的蝴蝶，他还“补插鱼子兰一丛，乌云堆雪，微掺金粟”。此情此景，令杨懋建也不得不叹“媚香四溢，真乃竟体兰芳矣”。古人对于花蕊的喜爱，由《红楼梦》中贾宝玉“谨以群芳之蕊、冰鲛之縠、沁芳之泉、枫露之茗，四者虽微，聊以达成申信，乃至祭于白帝宫中抚司秋艳芙蓉女儿之前”祭奠晴雯，可见一斑。古人的审美生活形态，由此也可见一斑。

无独有偶，薛宝钗吃的“海上方”，虽是药，却也是由四季时令花卉的花蕊各十二两，和上药末子，以雨水、雪水等精心制成的。“信手拈来，都成妙谛，宛然一个海上奇方”。这海上方虽是曹雪芹杜撰，却也精致得很，颇见古人天人合一之道呢。

这些娇嫩的茉莉蕊是如何被盘成两朵展翅欲飞的大蝴蝶的呢？古代匠人的手艺实在是巧夺天工啊。今天只能做些基于史实的推想，或许是先以银丝固定，再扭结造型而成的吧。

顾颉刚先生说过：“北京的戏剧本来是苏州伶人占据势力的，自从乾隆五十五年（1790）清高宗八旬万寿，徽班入都，始在北京立脚。到这时，梨园子弟多为安徽人了。苏州人则附属在四大徽班‘春台’‘三庆’‘四喜’‘和春’里面。”张次溪《北平梨园金石记》更云：“燕京梨园子弟，多来自江南田间，或因避乱，或以年荒，侨居既久，渐成土著。”

据此推断，鸿喜必是江南来的，无论安徽或苏州、扬州，总之不会超过这三处去。到19世纪中期太平天国战役爆发后，南北交通一度断绝，以后京城的戏曲演员就多从京畿一带就近选取了。

故观鸿喜的生活起居，除为与名士往还必须营造出的那一份别样的高雅绮丽格调外，还附带了很浓郁的江南风情。这“茉莉攒结的蝴蝶”自然就是其中一种时尚。而且蝴蝶皆以茉莉蕊攒成，其考究与细腻程度真可想而知。不仅如此，茉莉蕊还要“以豆青瓷盒”装着，这又与《红楼梦》中太太小姐们吃完螃蟹后“取菊花叶儿桂花蕊儿熏的绿豆面子”来洗手实有异曲同工之妙，都是百年前精致、和缓、惬意、诗性人生的鲜活体现。

《红楼梦》里有一个名驰天下的乾旦琪官蒋玉菡，他与贾宝玉情同莫逆，同时他也是忠顺王爷与北静王暗潮波涌的权力斗争的见证者，还是这些达官贵人的“宠儿”。想必在每天夜晚迎来送往之际，他也会在头上插一些雅致的鲜花娱人求欢吧。

有手段的南方妇人

台湾作家高阳的小说《三春争及初春景》，写的也是晚清的日常人生，其中有一段描写很妙：“她刚洗过头发，脑后簪了一排铜丝贯穿的晚香玉，正当盛放之时，香气荡人魂魄。”几句话推出一个古代大户人家的女人。她有见识，有审美品位，也颇具手段。只是这铜丝贯穿的晚香玉究竟构成了什么花样，高阳未细说。

四川作家李劼人的长篇巨著《大波》，描画出民国成立前后波澜壮阔的天府之国的生活画卷。其中写到一个成都小官黄澜生的太太盛装打扮的面貌：“不常戴的红宝石耳坠也戴上了，用银丝把茉莉花和夜来香签成一只飞鸟模样的压发也斜斜插在鬓边了。这样着意的打扮，明明为了要在嘉宾面前一显女主人的标格。”

又是一个既有手段又有品位的妇人。黄太太和名伶鸿喜及高阳笔下江南女人不同的，是她充分发挥了无穷的审美创造力，索性将茉莉和晚香玉（夜来香）两种香花全汇聚在一道，而且签成极富想象力和美感的飞鸟模样，其汪洋恣肆之状、喷薄尽发之芳，应比飞蝴蝶更淋漓尽致。况飞鸟通体以银丝盘成，就比高阳笔下以铜丝挽住晚香玉的描状，更具有一种华美的诗意。

四川是天府之国，盛产香花，这样的打扮并非官府内眷独擅。在成长于川南李庄的翻译家周懋庸所著的长篇小说《长相思》中，如此描绘上世纪二三十年代省城成都的日常风景：“省城银丝编织手工最有名。极细的银丝编成蝴蝶、蜻蜓、游鱼和各式花朵，或做头饰，或当胸花。价格也不贵。花会上更便宜些。”看来这种编织工艺早已融入长江沿岸广大地区人民的日常生活了，花样更是不胜枚举。

常见的市井小巷里的飞蝴蝶

京城名伶鸿喜用茉莉攒蝴蝶虽显华贵，过程却未免略失矫情。难道北方民间就没有南方这种普遍的编织花朵的习俗么？胡适 1922 年发表的《北平的平民文学》中提及，常惠先生送他一本《北京歌唱》，是 1896 年驻京意大利使馆华文参赞卫太尔男爵搜救的，他在序里指出十八首作阙，并且说：“根据在这些歌谣之上，根据在人民的真感情上，一种新的民族的诗也许能产生出来呢！”我看到其中第十一首也提到了茉莉串花，那就是一种属于北方市井的典型花样。

“好热天儿，挂竹帘儿，歪脖儿树底下，有个妞儿哄着我顽儿！穿着一件大红坎肩儿，没有沿边儿，梳油头儿，别玉簪儿，左手拿着花篮儿，右手拿着栀子茉莉串枝莲儿。”玉簪、栀子、茉莉，串枝莲儿，年代和鸿喜生活的时期不很远。充分说明这种风俗，在过去北方市井乡间也是司空见惯的。

女演员、作家王莹的自传体长篇小说《宝姑》中的主人公，则是上世纪 20 年代中期江南水乡芜湖一个小康之家的女孩子，是个单纯如白兰花的小家碧玉。当她出嫁时，“是江南七月初的宜人的好天！……一会儿，祖母把我那身比较新的白底蓝条纹的麻纱衣裙熨好拿来放在我的床上，旁边，还放了两小朵花瓣还没有全开的白兰花……我穿了石榴红绸印小朵石榴花叶的新衣裙，丝袜，绣花面鞋，黑白盘花衣襟的小纽扣上，和祖母替我梳得油光的发辫上，都戴上新鲜茉莉花做成的飞蝴蝶。”

以上所引文字足够说明，一，在过去的民间，茉莉一般被用作主头饰，根据时令掺进其他鲜花，栀子啦，玉簪啦，晚香玉啦，是“栀子花来白兰花”，也是“小楼昨夜听春雨，深巷明朝卖杏花”，都是一种来自民间，传承千百年的审美情趣。二，无论飞鸟还是飞蝴蝶，还是蜻蜓游鱼，那汪洋恣肆的表现情态，都体现了民族审美中倾向喜意的一面。所以在这些文学作品里，我们看到的绝不止是时鲜花儿的具体编织手法，还有后面的青瓦白墙，有千百年来中国农业社会天人合一的诗意生活态度。

茉莉、玉簪、栀子、晚香玉等，在过去的人家宅院、田间地头都随处可见，它们并不是鲜艳丰美的花卉。在广阔的中国大地，由南至北，自西而东，人们不约而同地选取这些清丽洁白芬芳的小花朵来做头饰，深刻地体现出华夏儿女的审美趣味。

胡适认为，中国文学进程呈示出平民文学或白话文学与庙堂文学或贵族文学两条并存对立的流变线索，而平民文学或白话文学则是贯穿始终的富有生气与活力的线索。那么以茉莉等鲜花编织花样，无疑就属于前一种。

作家鹿桥曾慨叹说：“中国并不是一个‘白’话的民族，在过去，每一地方各有一套丰富的语汇，说起来很生动，很有颜色。今天的生活比从前复杂得多了，可是我们用的词汇，反而比从前贫乏得多……”

想来我们的生活形态又何尝不是如此呢？芬芳的茉莉花凝聚着一二百年前民间丰富的生活形态，传达出五彩斑斓的历史信息。是重新戴上那只飞蝴蝶的时候了。

爱丽丝仙境中的炼狱之水与迷津

在欧洲文学的集体潜意识里，有的是负责运送死魂灵的水上乌托邦、幽灵舟、冥河艄公卡翁式的满面愁苦的掌舵老人。而深受佛教思想影响的中国传统文学名著《红楼梦》里，却有并无桥梁可通，深达万丈，遥亘千里的黑乎乎的迷津，掌舵撑蒿的木居士、灰侍者。

今年是刘易斯·卡罗尔的《爱丽丝漫游仙境》出版一百五十周年。这个家喻户晓、想象力奇绝的故事，缘起于一个半世纪前，卡罗尔与小爱丽丝在牛津附近的金色池塘上荡桨的那个下午。

作家包慧怡说："这位牛津数学系鬼才教授在《漫游仙境》及其续集《镜中奇遇》中塑造了两个交相辉映的水上乌托邦，这乌托邦同时是朝圣地、诊所和炼狱，既是世界尽头又是冷酷仙境。在欧洲文学的集体潜意识中，躁动的水永远和疯狂密不可分。水也是由生者之国通往死者之国的中介。拜占庭史学家普洛科普说：'他们负责往那里运送死魂灵……在岸边看到外来的船只，船上却无人，可是船似乎沉重无比，像要沉没一般，仅仅高出水面一指。'

“布列塔尼的古老传说里总有幽灵舟驶过：‘这些船只长大得很快，不用几年时间，一艘沿海航行的小船便长成一艘庞大的双桅帆船。’这些逐渐膨胀的船只总是由一位希腊神话中冥河艄公卡翁式的满面愁苦的老人掌舵，总是不堪负荷般地濒临沉没，终点总是地狱。”

反观《红楼梦》第五回“游幻境指迷十二钗，饮仙醪曲饮红楼梦”，宝玉梦游天境，“忽至一个所在，但见荆榛遍地，狼虎同群，迎面一道黑溪阻路，并无桥梁可通。正在犹豫之间，忽见警幻后面追来，告道：‘快休前进，作速回头要紧！’宝玉忙止步问道：‘此系何处？’警幻道：‘此即迷津也。深有万丈，遥亘千里，中无舟楫可通，只有一个木筏，乃木居士掌舵，灰侍者撑蒿，不受金银之谢，但遇有缘者度之。’”

在欧洲文学的集体潜意识里，有的是负责运送死魂灵的水上乌托邦、幽灵舟、冥河艄公卡翁式的满面愁苦的掌舵老人；而深受佛教思想影响的中国传统文学名著《红楼梦》里，却有并无桥梁可通，深达万丈，遥亘千里的黑乎乎的迷津，掌舵撑蒿的木居士、灰侍者……这些画面何其相类。更重要者，那种属于精神层面的终极恐怖绝望，也惊人地相似。

问题来了，是西方的古老传说影响了东方的佛教，还是东方文明泽及彼岸的神话观？亦或二者兼而有之，又可能只是一种巧合，是花开两朵各表一枝？

问题又来了——曹雪芹笔下的迷津，是否还包含他个人对“他乡”的体悟？据说，曹雪芹幼时曾偷听外国商人谈异域，谈圣经，甚至西方文化……虽是一鳞半爪不成系统，但不可否认，在他笔下，确实栩栩如生出现了一个“外国美人”薛宝琴。薛宝琴是皇商之女，曾随父亲游历西海各国，还煞有介事地写下一系列游诗。现在看来，薛宝琴足迹最远所及，就在中西文化自古以来即交流甚深的里海地区。

和西方地狱之水神话传统不同的是，曹雪芹笔下荆榛遍地、狼虎同群的迷津，居然还存有一丝希望，那就是“但遇有缘者度之”。不错，大观园中人都是有缘的，他们来自天上，历经劫难后又将重回仙班，这体现了中国传统文明特有的如一盏孤灯的温暖仁慈精神。“宝玉出家”就披了一个很美的外壳，意即有缘者的被度化——中国人普遍认为，当和尚远不是人生最凄惨的结局。可是，天上若果真“清淡平和”，一班子风流孽鬼当初为何吵着闹着要下红尘呢？“游于离恨天外，饮灌愁海水为汤。”——那林黛玉的前生绛珠的遭际，不是早就微妙地点出了在天上的等级社会，不入世者同样有着不妙的处境在前方等待着他们吗？

赏花时

完全可以说，一出《邯郸记》正从反面预示了大观园女儿们在“千红一窟，万艳同悲”的悲剧大结局后将再次会合于天上世界，由实返虚。

曹雪芹绝对是汤显祖的拥趸。展读《红楼梦》，汤显祖的踪影贯穿始终。除了那令宝黛痴迷沉醉的《牡丹亭》外，第二十九回中，亦有《南柯梦》现身：贾母一行人听戏于清虚观，随机拈出的前两本《白蛇记》《满床笏》已经很不如老太太的意，再问第三本时，竟系《南柯梦》。“贾母听了便不言语”。这三出演示人生兴衰如梦的汤戏连在一起，明确暗示了贾府由兴起到烈火烹油的极盛期直至最终衰落的过程。

而第六十三回“寿怡红群芳开夜宴”里，汤显祖另一名作《邯郸记》，却常被读者忽视。彼时尚值大观园鼎盛，入晚，宝玉的丫鬟私下为他庆生。其间请来了各房姑娘及少奶奶李纨，玩了一个很重要的游戏：报花名。牌子上的每种花都对应着席上的某个女子，判词则预示她的命运，多为万境成空的悲剧人生。

游戏开始前，众人撺掇小戏子芳官唱支曲子助兴。芳官拗不过，只得细细地唱了一曲《邯郸记·赏花时》。在诸芳云集的夜宴上，安排这样一出戏里的这样一支曲子打头阵，可谓别有深怀。个人觉得，它不但以这慨叹人生虚无的戏曲昭示与宴诸芳命运无常，更以"赏花时"这个曲牌名与接下来的报花名游戏相对应，进一步将在座者黄粱一梦的归宿揭示于读者面前。再者，王实甫《西厢记》里，崔莺莺唱的第一支曲也叫《赏花时》："可正是人值残春蒲郡东，门掩重关萧寺中——花落水流红。闲愁万种。"这还不够清楚吗？

也许这里面更有一层深刻的含义。王安忆曾说过这样的话，大致意思是，任何伟大小说都有一把钥匙，一旦掌握了这钥匙，读者就可分花拂叶，登堂入室。要找到《红楼梦》的钥匙，必须细读第一回僧道间的对白。它告诉读者重要信息：大观园诸般情种前身皆为神灵，为完一段孽缘才纷下红尘。待缘尽，自当重回天庭，各司其职。

就让我们以这把钥匙来解析《邯郸记·赏花时》。它是来蓬莱山门外扫花的何仙姑唱的第一支曲。何仙姑已入仙班，她请吕洞宾到尘世度人扫院，以便抽身赶赴王母娘娘的蟠桃盛宴。过去的评点家对曹公这种独特的伏脉法有一比喻："如常山之蛇，击首尾应，击尾首应——击腹则首尾俱应。"在这绵延千里的两个回目之间，存在怎样一条前呼后应的草蛇灰线？

我们知道，《红楼梦》的特点就是虚实相生。从虚入实，再由实返虚。既然开首即云，书中"一众风流冤孽"均是"下凡历劫造世之辈"，那么又有什么是不可能发生的呢！

那是个温暖的春夜，和风煦煦，笑语娇声，却有个人在听罢芳官的演唱后严肃起来——方才还“只管拿着那签，口内颠来倒去念‘任是无情也动人’”的宝玉，“眼看着芳官不语”。

宝玉他一向口才便给，与姑娘们在一起，何愁没话说？在他胸中潜伏着一段什么样的感情？我似乎能看到这样一幅潜在的画面：在那一刻，宝玉忽然感到说不出的肃杀。他只能缄默。

对这些女孩子的悲剧命运，这个“无事忙”，向来是比她们自己还严肃认真地对待着的。难道宝玉是在潜意识的指挥下预演着对“千红一哭，万艳同悲”的哀悼吗？可是无论黛玉，还是芳官，却正在他周围愉快地谈笑！这是何等惊心动魄的对比！何等深厚的文心匠意！

这象征场合，实在是至关重要的！曹公是将汤显祖引为同调的。二者的创作都涉及到转世、还魂这些空灵的命意与境界，随着情节的进展，曹公叙述的节奏与律动越来越步入佳境，作品的精神指向却不可避免地进入无边的悲哀。这花气芬芳灿烂的一章，是涅槃前最后的喷薄。

为何在诸芳云集的夜宴上，“群芳之冠”偏命芳官打头阵唱曲，而后者又偏“拣”了这样一出汤显祖笔下表现神仙度世之旨的曲子？在我看，这出戏，这支曲子，乃至演唱者本身，恐怕都是全书从虚入实，再从实返虚的一把门钥。

就让我们回过头去，再次细读第一回中僧、道的开场白。当茫茫大士谈及绛珠仙子愿同神瑛侍者下世为人，还泪与他时说道：“因此一事，就勾出多少风流冤家来，陪他们去了结此案。”那渺渺真人便说：“趁此何不你我也去下世度脱几个，岂不是一场功德？”

这段对白明确提供了一个信息：绛珠仙子（黛玉）下凡，纯系为还神瑛（宝玉）之泪，而那一干因此事勾出的“风流冤家”，即大观园诸芳，原是陪他二者去了结这段灌溉之情的，听起来很有点“陪太子读书”的味道——由此再来对应现实人间，宝钗获得的“群芳之冠”美誉，就当指“因此一事”勾出的众“风流冤家”之冠，而绛珠仙子（黛玉）自是单挑的，不归入其间。

僧人、道士的任务，和《赏花时》中的吕洞宾极相似，都是要下世把这些风流冤家再度回来。自僧、道视角俯瞰茫茫下界，大观园的离合悲欢终是场无法避免的劫难。既然渺渺红尘原本就是“邯郸”一“梦”，那么待劫数尽后，这一干人自然终须被僧、道一个个从“他乡”重“度”回“故乡”去。

也是在第一回，甄士隐听罢《好了歌》，自己也唱了一大段，其中有一句“反认他乡是故乡”，下面甲戌脂批“太虚幻境青埂峰一并结住”。结得真具体，太彻底。看来曹公笔下的“他乡”是大概念，即人间也；“故乡”则是终极指向——天上也。那么，再具体点，在《邯郸记》的《度世》与《合仙》两出大戏里都出现过的，以度人为己任的道家高人吕洞宾，是否即《红楼梦》那位疯癫落脱，与僧人共同下世，度脱痴魂的渺渺真人呢？

这种解读方式当然是一家之言，有趣而已，但或许能在对不同文本的深入分析间打通一座桥梁。毕竟，汤显祖戏曲的空灵境界，正如楚辞、唐诗、《三言二拍》、《金瓶梅》、纳兰词……对曹雪芹的影响极其深远。而且曹公祖父曹寅本就雅嗜拍曲，不但与《桃花扇》作者洪昇为莫逆之交，自己就写有多本曲词。“雪芹读书稍多，发现他祖父也并不是从举业正途出身，倒是一个潇洒的文人，能诗善酒，爱好戏剧词曲，收藏古书字画，所交又大都是当时的文人学者”。①

考贾母在元宵宴上点的《续琵琶》，正是曹寅作品。据吴世昌先生考证，曹雪芹原也想写一出戏曲的，后来才改主意采取了小说范式。这也是书中为什么出现了那么多曲词的创作背景。

现在我们已经清楚，汤显祖的《邯郸记》来来回回地贯穿于《红楼梦》文本叙述中，每次出现都有隐秘的用意。

完全可以说，一出《邯郸记》，正从反面预示了大观园女儿们在“千红一窟，万艳同悲”的悲剧大结局后将再次会合于天上世界，由实返虚。这个意思出现的频率是惊人的。

故在《邯郸记》里，《度世》之后，紧接着就是《合仙》。《红楼梦》中，芳官为女儿们唱的是《度世》，前面龄官为娘娘唱的是《合仙》。在这两个喜庆的日子单拈出这两出戏来，又分别交由两个极富代表性的女孩子来演唱，内涵实在已很明晰了。

芳官是小人物不假，但其言行举止颇不俗，几次奇特的改名甚至寄予了全书的大关节、大线索，可以说她身上联着多条看不见的线。

“翠凤毛翎扎帚叉，闲踏天门扫落花，抵多少门外即天涯……”由芳官“细细”清唱的《赏花时》，词句美丽，境界轻灵，描述了已升仙班的何仙姑恳求吕洞宾为己度人扫花的急切心理，若耽误了参加蟠桃盛宴，仙姑就只好去怨恨天门边落了一地的碧桃花了——“若迟呵，错教留恨碧桃花”。

此处的“碧桃”，与第五回《虚花悟》中的“夭桃”首尾呼应，不但都是“天上”的花，更同为扫花人翠凤毛翎帚叉下的落红—

① 吴世昌《红楼探源》，第201页。

片。这种草蛇灰线、空谷传声、千皴万染的手法，一向是曹公拿手的。而且既是“扫花”，那就表明春天的大幕已在缓缓下落了。芳官唱的这支曲子，寓意实在是多元的。

而在前面元妃钦点的《合仙·仙缘》里，吕洞宾果然下了凡尘。他使落魄书生卢生做了一个金榜题名、富贵满堂的黄梁一梦，很像《西游补》里孙悟空在万境楼台的戏台下看的《孙丞相》这出戏。在《孙丞相》里，孙悟空本人不但当了宰相，还娶了美妻，生的五个儿子都是状元，赢得台下赞赏一片。却终是个多维世界中的大梦。

卢生醒后才发现店家的黄粱饭还没有炊熟。于是他“悟”了，跟着吕洞宾上天，为何仙姑工作去了。

“群芳之冠”宝钗单命芳官来唱《度世·赏花时》，不但是曹公要昭示在座女子神秘的前世与宿命，更以“赏花时”这曲牌名与占花名相对应，进一步揭示她们与卢生一样黄粱一梦的大结局。在这个意义上，芳官倒真正成为了与宴诸芳的先行官。这是一支从宇宙洪荒青埂峰下发射来的漫漫光波。催促的号角有如急管繁弦。它预示永生般的悠长春日已接近尾声，繁华的花事即将终结了。

为什么曲子细细唱罢，众人反应一概不提，只敏感的宝玉“悟”了呢？这个与众女儿一并下凡的假男儿、真女儿，似乎只有他，接收到了某些来自天界的神秘信息。也许，对大观园诸芳的命运，他实在是比她们自己还要清楚的。

于是，就在这“若迟呵，错教留恨碧桃花”的清音中，曹公引领有心的读者，一步步将天上警幻所演之曲，人间怡红所种之花，《钗钏记》中的人名、《邯郸记》里的歌曲一一回顾。空间、时间虽然错综复杂，笔端却一丝不乱，直至重合于“天上碧桃和露种”这句名诗。

出口成脏的“贤妇”

第二十八回王夫人谈用药一节，或许因看到宝玉关心黛玉而忘乎所以，她心绪极端不宁，仅说了短短几百字，就有如粗妇上体，连着骂宝玉“扯你娘的臊”“放屁”，让读者大跌眼镜。

粗妇上体

《红楼梦》里的王夫人是典型的大家闺秀，“都太尉统治县伯王公之后”，可她心情不佳时，也很乐意说上几句脏话。

平日里，王夫人的吐属也只算得中规中矩，远非知书达理。第二十八回王夫人谈用药一节，或许因看到宝玉关心黛玉而忘乎所以，她心绪极端不宁，仅说了短短几百字，就有如粗妇上体，连着骂宝玉“扯你娘的臊”“放屁”，让读者大跌眼镜。

王夫人的妹妹薛姨妈也好不到哪里去。第八回，薛姨妈因见宝玉乳母李嬷嬷劝阻宝玉喝酒，就骂她“老货”。薛姨妈文才不逮，行的酒令只是及格水平。王夫人大约连这个水平也没有。而她们的侄女，堂堂当男孩子养起来的王熙凤竟大字不识，还得倚赖蔡明记账。

王熙凤贫嘴寡舌

王熙凤的语言历来是最为人称道的，鲜明生动、泼辣俗白，但她说起脏话来更是跟机关枪似的。虽然里面也杂着些“碧清”“外路”这样文绉绉的词儿，但因贾家的原型曹家是从南方来的，那些都是南方话的残留，带着中原古语典雅的痕迹，并不作数的。她的言谈的总体基调，就是一个字：贫！

在第四回“薄命女偏逢薄命郎，葫芦僧乱判葫芦案”里，那门子呈给贾雨村的“护官符”上对“都太尉统治县伯王公之后”是这般描画的：“东海缺少白玉床，龙王来请金陵王。”极言王家多奇珍异宝。“太尉”一职是曹公虚拟的，清朝已无此官名，但在古时为武官的最高官阶。从这条护官符中，可以悟出王家虽为行伍出身，又极富有，但落实到文化传统上或许就差了点意思。

军功出身，子孙无文

这就要从历史上找原因了。贾家的原型曹家，以及与其关系亲密，“一损俱损，一荣俱荣”的苏州织造李家，都远非真正意义上的诗礼传家之族。曹雪芹的祖父曹寅是能诗善画，诗酒风流，且广交江南名士的，康熙也因曹寅之母曾为自己保母而格外青睐曹家，但不要忘记，曹家始终背着一个“包衣奴才”的原罪，在特重等级观念的清代，作为奴才，它的地位永远是尴尬的，所受福荫亦终不能长远，随时有被主子剥夺家财的危机感。贾府奴才赖嬷嬷那句“你那知那奴才两句是什么写的”真真是点题之语，实际上它正出自曹家自己的肺腑血泪，振聋发聩。

所以通读《红楼梦》，可以感到整个贾府上下，无论主仆，长期以来都表现出一种既局促紧张又诚惶诚恐的精神面貌。而且四家皆然，同气连枝，都缺少那样一种“澹烟疏雨杏花天”的闲适文化余韵。

即使是生活在两个石狮子后面、大宅门深处的高贵女眷们，脱口就说脏字的也比比皆是，就更别提贾珍、贾琏这些个“臭男人”了。老一辈如此，在年轻人里面，保龄侯史家的小姐湘云是比较爽直的人物，丫头翠缕和她开玩笑，她也大骂丫鬟“放屁”。放眼堂堂大观园，最清雅脱俗的自然还非黛玉莫属，但她心爱的大丫鬟紫鹃也是不会做诗的，尚比不上汉朝郑康成家的小婢。令人意外的是，鸳鸯倒很懂酒令调遣，看来到底还是老太太会调教人。而出身皇商家庭，哥哥又极粗鲁不成器的宝钗，却格外讲究日常用语的娴雅有度，但多少给人一种故意“端着”的感觉。

王夫人、薛姨妈、王熙凤对话中不自觉透露的伧俗，到底出卖了生活原型曹家的文化心理结构。

只有彻底理解了这个社会大背景，方能明白为什么贾政要那样苦逼宝玉在举业上出人头地。但失落感始终笼罩着缺乏深厚文化氛围的曹家，再怎么打骂，也培养不出所谓的读书种子来。

直到第七十五回，贾政才终于反思到：祖宗们各各亦皆如此，虽有深精举业的，也不曾发迹过一个，看来此亦贾门之数。贾政的这番喟叹，正是当时部分意图摆脱草莽家风的大户人家真实心理之写照。“富贵何常，子孙不可无文”——然而在以军功发家，花团锦簇、烈火浇油的贾府，又有哪个子孙能听得进这种逆耳忠言呢？如此看来，王夫人们时不时说上几句脏话，也就丝毫不足为奇了。

面热心冷的王夫人

王夫人对林黛玉始终是冷眼瞧不上的，或许早年间王夫人与未出阁的小姑子贾敏（黛玉母）的关系，就是面和心不合，偶然持论有龃龉的。

在薛宝钗尚未因参选秀女而上京之前，贾宝玉身边的外姓女孩，只有林黛玉一个。宝钗是选秀不成，方借住贾府的。换句话说，薛家一开始也没有将宝钗许配宝玉的意思，“金玉良缘”的风声，是后来才放出来的。那么，王夫人在宝钗未来贾府之前，对林黛玉是否有过好感呢？依我看，答案也是否定的。

请看《红楼梦》第三回“贾雨村夤缘复旧职，林黛玉抛父进京都”。初上京城的黛玉在拜见过老太太后，紧接着有一段细节描写：王夫人问王熙凤说：“月钱放过了不曾?”熙凤道：“月钱已放完了。才刚带着人到后楼上找缎子，找了这半日，也并没有见昨日太太说的那样的，想是太太记错了?”

这时王夫人淡淡地说了句:”有没有，什么要紧。”因又说道，“该随手拿出两个来给你这妹妹去裁衣裳的，等晚上想着叫人再去拿罢，可别忘了。”

“什么要紧”“随手拿出”……两句话，即点出刚进贾府的黛玉在王夫人心底就是个无可无不可的对象。至于王夫人到底为什么不喜欢这个神仙模样的夫家外甥女，我有个猜想，或许早年间王夫人与未出阁的小姑子贾敏（黛玉母）的关系，就是面和心不合，偶然持论有龃龉的。

再者，老太太对黛玉说：“我这些儿女，所疼者唯有你母……”老太太疼小女儿，原是有的。对儿媳，或许不大留意。王夫人看在眼里，记在心上，也是有的。如今贾敏虽去，她的女儿却又来了。之前老太太就“天天口头心头一时不忘”，见了面又是这个模样，通身的气派，正像王熙凤说的，“竟是个嫡亲的孙女！”王夫人心中，旧怨之上，又安能不添新愁？

其次，前面说过，王家女儿的文化层次都不高。反之，贾家对女孩子的文化教育就看重得多。就拿四春来说吧，虽然老太太谦虚地说她们读书不过是不做睁眼瞎罢了，但即使文才禀赋最低的迎春，其诗才也远超王家女儿里读书最多的薛姨妈。贾敏既为贾家上一代独女，又是黛玉之母，其才智可想而知。她未出阁时，必定也是个才女班头。王夫人日日看在眼里，安得不妒？

再者，黛玉虽小，但“有一段自然的风流态度”，又不能不让王夫人担心宝玉见了她会犯痴病。故在独处时，她立刻嘱咐黛玉：“我不放心的最是一件，我有一个祸根孽胎……你只以后不要睬他，……只休信他。”千回百转，叮咛又叮咛，王夫人对黛玉的戒备之心跃然纸上。可怜天下父母心，也怪不得王夫人。况且她心中也明白，瞧林黛玉的那个性情，就知她不会为自己左右。果然后来宝玉一见黛玉就说“这个妹妹我见过的”。还称她“神仙似的妹妹”。知道黛玉无玉，竟把自己的通灵宝玉都摔了。到后面更是与黛玉情意深结，为她痴痴癫癫，做出不少痴事来。私心甚重、器量狭小的王夫人又安得不怒，安得不妒呢？

故而，自始至终王夫人对黛玉都是很难起关爱之心的。性情之别如隔鸿沟，回首过往姑嫂龃龉，加之分外厌恶黛玉对宝玉精神上的巨大影响，更恐惧于她把儿子的魂勾去了，再有宝钗出现后贾母与王夫人一脉在宝玉婚事，即贾府大权执掌者人选上的明争暗斗……若读者将心比心，其实还是很可理解的。这些生动的描写，不正是人性最真实的反映吗？

大观园里四个直道而行的江南少女

大观园里有四个直道而行的江南少女。细细品来，在她们或娇憨、任性，或泼辣、放诞的外表下，其实都蕴藉着一股未受过八旗礼数教导的江南人的“强直”耿介气质。

曹公明确点出籍贯的女孩子有四人。其中黛玉、香菱、妙玉都是姑苏人氏。黛玉之“影”晴雯也是跟老太太从南方来的丫鬟。这绝非偶然。

曹家和满族的历史关系是既久且深的。《红楼梦》处处在在深刻地反映出满族的礼数家法规矩要求，不但极多，而且极严。但这四个江南来的女子虽在社会地位、成长背景上天差地别，却有一个共性：直道而行，质直无饰。

林黛玉，目无下尘。孤标傲世，多愁善感，不入凡流。她有着独立的意志与人格，又有着强烈的自尊心。私下里又是何等的善良、纯洁、率真……再多美好的词汇用在林黛玉身上似乎都不为过。曹公对这个人物也是倾注了最多的笔墨。

香菱呢？这个女孩子，从小被拐，挨打受骂是家常便饭，偏又遇上了薛蟠这个呆霸王。年深岁久，她对苦难已麻木不仁，只要能进大观园跟着小姐们学学诗，就无奢求。在薛蟠迎娶母夜叉夏金桂一事上，只宝玉真心为她挂前虑后，这个姑娘却完全不能理解他的用心，反以为他有轻薄之意。由此一事，就可见香菱的心地是何等爽直单纯，甚至洁白到了单蠢的境地。

更不要提妙玉了。此女天生孤僻，“太高人愈妒，过洁世同嫌”。一个“愈”，一个“同”，深刻点出了世评的风声鹤唳。即令她的贫贱之交，算她半个学生的邢岫烟也在背后刻薄地说她“放诞诡僻”，“僧不僧，俗不俗，女不女，男不男”！好歹宝玉对妙玉还存着敬重理解之心，辩说她“原不在这些人里算，他原是世人意外之人”。也对，妙玉是方外之人，在下世历劫的风流孽鬼中，只有她算是已被“度”了一半。虽然她最终的结局“依旧是风尘肮脏违心愿”！

丫鬟晴雯呢，地位低，脾气却不因此而乖顺，甚至出名的坏。也是个“世同嫌”！就连脂砚都评她“娇态已惯”，可见她是多么的不会做人。邢夫人为贾赦讨鸳鸯时曾说过，满府的丫鬟，“不是模样不好，就是模样好脾气不好”。后者兴许就是在说晴雯。如若晴雯“脾气好”，恐怕贾赦要讨的就非她莫属了。因王熙凤说过，满府的丫头，总共晴雯模样最好。漂亮的人总是受宠的，但漂亮同时蒙蔽了她的眼睛，使她常忘记自己的真实身份，像小姐般命令呵斥同阶层的奴才，对小丫头坠儿也太过狠毒，惹出多少嫌恶。其实这正是她心直为主的体现。她不屑像袭人那样去经营人心，为了宝玉更能豁出性命，却不曾与宝玉发生过苟且之事。虽然她很明白，谁与宝玉干过什么。世世代代多少读者，为这个美丽的姑娘洒一掬同情之泪。脂砚评她“娇态已惯”，可见“寿夭皆因毁谤生”这句判词，并非空穴来风。

这四个率意而为，一派天真，处处碰壁的江南少女，必定是曹公参照生活原型塑造出来的艺术人物。细细品来，在她们或娇憨、任性，或泼辣、放诞的外表下，其实都蕴藉着一股未受过八旗礼数教导的江南人的“强直”耿介气质。

以黛玉为中心，这四个孤零零的江南女子在贾府结成了一张无形的网。曹公辟专文分叙黛玉与妙玉、黛玉与香菱间发生的不同寻常的情谊。黛玉、妙玉的原型或许本为一个人。一向清高的黛玉还亲自教香菱学诗，费心血说了许多道理，这皆是深刻之笔。

晴雯与黛玉的关系就更不必说了。她们虽地位有别，却因宝玉而紧密地联在一起。宝玉挨打后，悄悄托付把满含衷情的旧帕子“私相传递”给黛玉的人不是袭人，也不是麝月，恰是晴雯。晴雯冤死后，宝玉做《芙蓉女儿诔》以祭，听者也正是黛玉。

黛玉、晴雯的结局惊人的相似。晴雯的命运，就是黛玉的命运。在《红楼梦》第一回，甄士隐曾唱道：“昨日黄土陇头送白骨，今宵红灯帐底卧鸳鸯。”在“昨日黄土陇头送白骨”下，甲戌脂批：“黛玉、晴雯一干人。”明确指出黛、晴的归宿是一道的。而这句歌词也正与《芙蓉女儿诔》中“红绡帐里，卿本多情，黄土垄中，女儿薄命”一句成为互文。

黛玉是“质本洁来还洁去”。如若主子们能大发慈悲，许诺完成晴雯最后的心愿，她一定也会如黛玉，要将棺木运回故乡去的！

可是她连这个小小的哀愿也没有实现，怎不令人掬泪！想想晴雯的身世真是悲惨至极。这个幼年就被赖大家买了，又孝敬了贾母的小东西，在第七十七回临死时才叙出她的身世：“也不记得家乡父母，只知有个姑舅哥哥，故又求了赖家的收买进来吃工食。”这个哥哥对她又很不好。她死前直着脖子叫了一夜的“娘”，这是何等令人泪下！

一个孤儿、女奴，家乡父母全记不得了（香菱也如是悲惨），在撒手人寰之际，却在直觉地呼唤母亲！完全可推想，同样是“把家乡父母全抛洒”的薄命女香菱，在八十回后不久，被薛蟠迎娶的母夜叉夏金桂折磨致死前，叫的必也是“娘”！

魂归青冢，只有“娘”，是这些连家乡父母俱都忘记了的不幸生命最后的慰藉与最终的接引。

而读者无缘看到八十回后妙玉的结局（从判词推断，似被强人掠去），竟是对这个已经被赋予了活鲜鲜生命的艺术原型最大的慈悲。

为何曹公对姑苏女子如此偏爱，倾注了如此深刻的情感？想必在这些女子身上，正寄托着他骨子里对江南故地一种幽远的情思啊！

强扮喜悦，一败涂地说的正是贾母

王夫人每句谤晴雯，都是射黛玉；而每字夸袭人，都是捧宝钗。王夫人是带着笑步步进逼，老太太则强扮喜悦，一败涂地。

越剧电影《红楼梦》的“哭灵”一场是观众百看不厌的经典。贾宝玉一进灵堂，就扑向牌位哭道：“林妹妹，我来迟了！……”

在荣国府势败家亡的前夜，贾母心中定也在痛喊：“迟了！都迟了！”

在《红楼梦》第七十八回“老学士闲征诡画词，痴公子杜撰芙蓉诔”里，外表呆若木鸡的王夫人，以迅雷不及掩耳之势抄检了大观园，赶走了晴雯等人。这在王夫人一党，实在是平生第一个漂亮的大胜仗。所以王夫人往贾母处省晨时，心中无限欢喜，大有隐忍多年，恶气一朝尽吐之快感。

> 她趁便回道：“宝玉屋里有个晴雯，那个丫头也大了，而且一年之间，病不离身，我常见他比别人分外淘气，也懒，前

日又病倒了十几天……就赏他家配人去也罢了。”

贾母听了，点头道：“……但晴雯那丫头我看他甚好，怎么就这样起来。我的意思这些丫头的模样爽利言谈针线多不及他，将来只他还可以给宝玉使唤得。谁知变了。”

震惊之后，智慧如贾母心下立刻明白在此事上大势已去，虽语带机锋维护了晴雯几句，终已无用处。

王夫人乘胜追击：

王夫人笑道：“老太太挑中的人原不错。只怕他命里没造化，所以得了这个病。……若说沉重知大礼，莫若袭人第一。我就悄悄的把他丫头的月分钱止住，我的月分银子里批出二两银子来给他……所以直到今日才回明老太太。”贾母听了，笑道：“原来这样，如此更好了。袭人本来从小儿不言不语，我只说他是没嘴的葫芦。……”

这是在说晴雯、袭人吗？这分明说的是黛玉、宝钗啊！

在这个段落，一向健朗、精明，处处取胜的贾母，衰败之状已显露无疑了！

——亲自拨给宝玉的晴雯被逐出府去，自己竟一丝也不知。耳目失其聪明的贾母，此时是何种心境？当王夫人还不满足，喋喋不休地夸着袭人的诸多好处，并将立袭人为姨娘的长期计划公然袒露时，老太太的头顶当是打下了一个晴天霹雳吧！“我只说他是没嘴的葫芦”，却不想这个葫芦正是王夫人的耳目！

在这一瞬间，老太太心里定是百转千回，悔恨不及！种种愿望不知不觉就俱成煨烬。但在面上她还不可表现分毫，只能强打精神，为宝玉的亲近丫鬟，其实也就是为亲近黛玉再分辩几句罢了。

“这种和丫头们好却是难懂，我为此也担心，每每的冷眼查看他。只和丫头们闹，必是人大心大，知道男女的事了，所以爱亲近他们。既细细查试，究竟不是为此。岂不奇怪。想必原是个丫头投错了胎不成。”说着，大家笑了。王夫人又回今日贾政如何夸奖，又如何带他们逛去，贾母听了，更加喜悦。

其实贾母明白得很，这全是强弩之末。

一向木头似的王夫人终于翻身打了胜仗，好不容易才有了真心的“笑”；贾母的“更加喜悦”，却完全是强颜欢笑。

细品这段婆媳对话，针锋相对、环环紧逼，大有兵不血刃之势。王夫人每句谤晴雯，都是射黛玉；而每字夸袭人，都是捧宝钗。王夫人是带着笑步步进逼，老太太则强扮喜悦，一败涂地。紧接着迎春就要离开大观园。一连串的离别已经到来了。

贾母的心事

听着众人对自己侄孙女潮水般善意的奚落，突然间贾母会生出一种淡淡的辛酸感来吧。

在第三十一回“撕扇子作千金一笑，因麒麟伏白首双星”里，当姐妹们乐成一团地拿湘云开心时，宝钗笑向那周奶妈道：“周妈，你们姑娘还是那么淘气不淘气了？”周奶娘也笑了。迎春笑道：“淘气也罢了，我就嫌他爱说话。也没见睡在那里还是咭咭呱呱，笑一阵，说一阵，也不知那里来的那些话。”王夫人道：“只怕如今好了。前日有人家来相看，眼见有婆婆家了，还是那们着。”

就在王夫人提及这个由头后，“贾母因问：‘今儿还是住着，还是家去呢？’周奶娘笑道：‘老太太没有看见衣服都带了来，可不住两天？’史湘云问道：‘宝玉哥哥不在家么？’宝钗笑道：‘他再不想着别人，只想宝兄弟，两个人好憨的。这可见还没改了淘气。’贾母道：‘如今你们大了，别提小名儿了。’”

在此段落中，平日比孙辈还活跃几分的贾母既无笑意，也不健谈，少见的沉闷又严肃。而小辈们忙着拿湘云打趣，似乎也都未留意到这个反常现象。看来，贾母有她自己的心事。这从她统共只说的两句话“今儿还是住着，还是家去呢?”“如今你们大了，别提小名儿了。”就可窥一斑。

试揣度，湘云是贾母娘家人，也是她非常疼爱的晚辈。这个孩子遭际早厄，自幼失去父母，跟着叔叔婶婶生活得很辛苦。但她一向“英豪阔大宽宏量，从不将儿女私情略放儿心上”，豁达之外，不免憨直。所以大家都喜欢她，也爱打趣她。贾母虽爱她，但不在园中给她专设住处，表现出贾母不袒母族的气量。但耳听众人对自己侄孙女潮水般善意的奚落，突然间贾母也会生出一种淡淡的辛酸感来吧。

当贾母问第一句时，恰是在王夫人语重心长地提到湘云眼见有婆家了之后。她很明白相聚的日子是一天少过一天了，故暗地希望湘云能在自己跟前多住上几日，享享出阁前的清福。说第二句，是因湘云还是那么一团孩子气地要找宝哥哥玩，被宝钗不动声色地敲打了一下。作为上人，老太太觉得有义务提醒湘云今后要谨言慎行。这话其实也是说给她心爱的外孙女黛玉听的。

也许还如刘心武先生所考证的，前面发生的清虚观打醮事，实意味着贾母与王夫人一党在宝玉婚事上的较量意义，所以这段时间在老太太心里始终郁着一个结。听到人们笑谑湘云，突然想到这个本家女孩子其实和黛玉差不多，过得也很不易，心中难过，就更感凄凉，无心说笑了。这时的老太太，暗暗在文字里显示出了她忧虑的，略带严厉的，甚至软弱的老年人的另一面。也许这才是更常态的心理层面，只不过被她有意表现的及时行乐给覆盖了。

第一“不解事”之人

贾母已有了年纪，历经世变，她的哲学基础则非常深沉世故，是“否定之否定”，看透了而无能挽救。其心事不谓不多，然尽皆放下了，化掉了。只“两个玉儿”的事她是定要在生前办了的。

贾母是贾府里的一棵松。她的丫鬟里，有个叫琥珀的。清末大某山民评点说：“婢名琥珀，以喻长在松根。贾母松也。”的确，在“外面虽未倒，内囊已渐渐上来了”的贾府，若无这株老而弥坚的松树撑着，恐怕早就散了。

贾母从来就非因循守旧之辈。如果是个男人，她恐怕也早出去成就一番事业了——在这点上，探春最像祖母。

她曾向薛姨妈说：“我先小时，家里也有这么一个亭子，叫做什么‘枕霞阁’，我那时也只像他们这么大年纪，同姊妹们天天顽去。”可见她从小胆子就大，即使上了年纪也不甘寂寞，总要搞点新花样出来，给充满隐忧的生活添些情趣。

在第三十八回，有如下描述：“一时进入榭中，只见栏杆外另放着两张竹案，一个上面设着杯箸酒具，一个上头设着茶筅茶盂各色茶具。那边有两三个丫头煽风炉煮茶，这一边另外几个丫头也煽风炉烫酒呢。贾母喜的忙问：'这茶想的到，且是地方，东西都干净。'" 此即贾母深富艺术情趣之例证。在全书中，这种事例是不胜枚举的。

处处实践着优雅行为艺术的贾母，连在细节上也从不让自己，甚至也不准许他人苟且过关。第四十回"史太君两宴大观园，金鸳鸯三宣牙牌令"里，借在大观园游玩的机会，她把黛玉、探春、宝钗等几个姑娘的住处都认真察看了一回，发出的每条评论都体现着超常的时尚思维与不入凡流的审美格调。

当一阵风吹来，隐隐听得鼓乐之声，得知是戏班子在演习吹打时，她又来了主意，笑道："既是他们演，何不叫他们进来演习。他们也逛一逛，咱们可又乐了。"——可见，及时行乐正是她思想里重要的哲学基础。既然同时具备了高雅的艺术品位与行乐的必要条件，又为何不乐？与清代扬州何园主人所见略同，贾母别出心裁地将戏班铺排在藕香榭的水亭子上，"借着水音更好听"。——简直就是大观园里顶顶高明的艺术家。

难怪清末大某山民评她为"第一会寻乐人，亦第一不解事人。"寻乐好懂，这"不解事"，是真的老糊涂了，还是极端自私所致？

到第五十回，姑娘们在芦雪广联诗，一众长辈中又惟有年纪最大的贾母瞒着王夫人和凤姐来凑热闹。她笑道："好俊梅花！你们也会乐，我来着了。"还说什么"我也来凑个趣儿"。这是她在寻乐。可谓人老心不老，抓紧一切细微的机会督促自己快乐起来。

到第五十四回的元宵佳节时，就更体现出史太君破陈腐旧套的创新胆略来了："如今也不用这些桌子，只用两三张并起来，大家坐在一处挤着，又亲香，又暖和。”可见在家庭内部她其实是不太在乎规矩的，只要玩得尽兴就好。

她的丈夫有雅趣，听戏只以箫管伴奏，她则是他艺术上的知己。据明末杜于皇《初闻灯船鼓吹歌》，明末士人耽于燕乐，有“梁溪洒，苏州箫管虎丘腔，太仓弦索昆山口，镇江红缨络、淮阳鼓，以及王伯谷鼓、马湘兰舞等”。这“苏州箫管”，大概就是雪芹祖父曹寅在金陵织造任上耽迷的燕乐，即贾母说的宝玉爷爷命伶人只以箫管辅助清唱。这种意境是江南独有的，不是细乐吹打，而表现出凄清的审美格调。没有独特审美眼光的人，理解不了。

——凡此种种，皆可证贾母实确是女中魁首。她从不保守，择善从流，具备颠覆性思维方式，且常常体现出政治家的超常胆略。这都是她自小的性格禀赋，也是贾雨村在第二回说过的“正邪两赋”——置之万万人中，其聪俊灵秀之气，则在万万人之上；其乖僻邪谬不近人情之态，又在万万人之下。

而当时序到了第七十四回，贾家败落的光景已处处可见了。贾母表面上依然是愉快的。她对尤氏笑道：“看着多多的人吃饭，最有趣的。”正从反面证明了她对必然到来的大分离的无限恐慌。她还指着尤氏的大丫鬟银蝶道：“这孩子也好，也来同你主子一块来吃，等你们离了我，再立规矩去。”——已非复“及时行乐”那般简单肤浅。这已是在巨大又不可言说的压力下的苦中寻乐。作者逼真地用“负手看着取乐”来描写贾母这种几乎霸道的状态。这就是“第一不解事”的由来吧。贾母这样霸道无理，正因为她清楚得很，无论是贾府还是她，都快不行了。

人越老，越觉人生苦短，有时就不免显出不可理喻的自私来，破釜沉舟、唯我独尊。当贾家已日薄西山时，刚听完关系亲密的甄家被抄之事，贾母竟就说出了“咱们别管人家的事，且商量咱们八月十五日赏月是正经”这样“不解事”的凉薄话！

于是在第七十六回凄清的中秋宴上，别人都“夜深体乏，且不能胜酒，未免都有些倦意”，却无奈“贾母兴犹未阑，只得陪饮”的现象。这里的贾母，不但“不解事”，已公然有些不讲道理的样子了。只因她深深明白，这必是场最后的欢宴。

综上所述，贾母是个笃笃定定的实用主义者。经历无数的她最明白“有一日乐一日”的道理。巧的是，她的孙子也说出了“和姐妹们过一日是一日，死了就完了”这样子的话。可见宝玉之禀气，既传贾政血脉，更上承这位老祖宗，岂独“最像他爷爷”而已！只是宝玉的“管他什么后事”，多由自少年心性；而贾母已有了年纪，历经世变，她的哲学基础则非常深沉世故，是“否定之否定”，看透了而无能挽救。其心事不谓不多，然尽皆放下了，化掉了。只“两个玉儿”的事她是定要在生前办了的。可惜八十回后已经散佚了，贾母的愿望也终究被雨打风吹去了。

李纨的性心理

《红楼梦》的前八十回对李纨的描写均非刻意，却包含着许多潜本文。其中最值得注意，也是最能反映李纨深层次心理的潜本文是：槁木死灰的李纨对平儿非同一般的偏爱。

综览整部《红楼梦》，相对而言，李纨是金陵十二钗中不起眼的人物，红学研究对其也较为疏忽、漠视。但《红楼梦》是一部读不尽的现实主义杰作，即使一个小小的丫头，其行为都有可深入挖掘之处，作为十二钗之一的“大嫂子”李纨，她为数不多的一言一行，实际上也大含着人生的深意，折射出其复杂的，甚至是下意识的心理活动。

李纨是宝玉的嫂子，贾珠之妻。贾珠夭亡，给她留有一子贾兰。李纨是金陵名宦之女，“族中男女无有不诵诗读书者”。但父亲认为“女子无才便是德”，“不十分令其读书”，李纨读书有限，刻意记着的只是“前朝几个淑女”。嫁到贾府后不久，即青春丧偶，从此“居家处膏粱锦绣之中，竟如槁木死灰一般，一概无见无闻，惟知侍亲养子，外处陪伴小姑等针黹诵读而已”。

“竹篱茅舍自甘心”的李纨，没有黛玉、探春那样的出众才情，但是，她并未受到隐性歧视。她有自己的小心眼，她对手里的钱财管得相当紧，她的世界只有自己这母子俩。

由李纨，我想到曹雪芹的长姑。她虽非青年守寡且贵为铁帽子平郡王之妃，而且娘家曹家败落后，因其子福彭的飞黄腾达，夫家反有上升之运，但据周汝昌先生研究，福彭似未对曹家有特殊照拂。在李纨母子身上，是否即存有福彭及曹雪芹姑姑的影子？

在李纨的判词《晚韶华》里有一句“虽说是，人生莫受老来贫，也须要阴骘积儿孙”。所以对李纨居住的稻香村，书中借宝玉之口评价：“貌似天然，分明见得人力穿凿扭捏。”

《红楼梦》的前八十回对李纨的描写均非刻意，却包含着许多潜本文。其中最值得注意，也是最能反映李纨深层次心理的潜本文是：槁木死灰的李纨对平儿非同一般的偏爱。

平儿是王熙凤的人，平日不大进大观园来。李纨与凤姐的关系也不甚亲密，甚至矛盾重重，但对忠心于凤姐的平儿，却始终关爱有加。这种关心，不但超出了主仆之分，甚至显得比和嫡亲的姑子兄弟都要深厚似的。对平儿的关注，是处世平淡的李纨最忘情的一笔表现。

在第四十四回，凤姐泼醋打了平儿后，贾母叫琥珀去劝告平儿，“原来平儿早被李纨拉入大观园去了”。可见李纨对平儿何等体贴。待平儿在宝玉处理妆后，又“忽见李纨打发丫头来唤他”，又可见李纨急欲见平儿之心。李纨招待平儿在稻香村过了一夜，过后又为平儿向凤姐打抱不平道：“昨儿还打平儿呢，亏你伸的出手来！那黄汤难道灌了狗肚子去了？气的我只要给平儿打报不平……你今儿又招我来了。给平儿拾鞋也不要，你们两个只该换一个过子才是。”

精明的凤姐大概也看出了李纨对平儿的偏爱，故道："竟不承望平儿有你这一位仗腰子的人。"李纨笑问平儿："如何？我说必定要给你争争气才罢……什么禁不起，有我呢。"后三字竟带着几分敢于出头的豪气，极不似出自这样一位槁木死灰之人口吻。而全书中李纨流露如此豪情的，似乎也就此一处。

就在"原来平儿早被李纨拉入大观园去了"后，有一段意味深长的脂批"可知吃蟹非等闲文字"——这里的"吃蟹"，指的是最集中体现李纨对平儿偏爱的第三十八回。在那一回，平儿进园赶上蟹宴，"众人又拉平儿坐。平儿不肯。李纨拉着她道：'偏要你坐。'拉着她身边坐下，端了一杯酒送到她嘴边。平儿忙喝了一口就要走。李纨道：'偏不许你去，显见得只有凤丫头，就不听我的话了。'"

短短几句描述，却有多重含意。平日老成持重的李纨，此时竟在下人面前使出了撒娇的桥段：特意拉平儿坐在身边，又亲自端酒送到她嘴边。同时还像个小姑娘似的无厘头地嫉妒着平儿对凤姐的忠心。从旁观者视角看去，这股殷勤已不太似同性之间，尤其是主仆之间的玩闹情分了，倒更像是男性主子对丫头的感情似的。而一向大方的平儿表现得也较拘束，"忙喝了一口就要走"。一个"忙"，一个"就"，不全出自所谓的礼节规矩——况且平儿在许多场合都是极活泼的，这里更多地表现出的是她对李纨窘迫的回避态度。

可李纨还不放过她，下面又揽着她道："可惜这么个好体面模样儿，命却平常，只落得屋里使唤。不知道的人，谁不拿你当奶奶太太看。"这里既有为平儿抱不平之意，却也有挑拨她与凤姐关系之心。

李纨的这一"揽"，原来还不同寻常。"平儿一面和宝钗湘云等吃喝，一面回头笑道：'奶奶，别只摸的我怪痒的。'李氏道：'嗳哟，这是什么？’平儿道：‘钥匙。’”从这一节可见，李纨虽一味在与平儿说笑，平儿却只与他人吃喝，并不与她作正面交谈。而李纨在平儿腰间的摸索显然使平儿尴尬，又不能发作，便只得笑着制止，言语间却柔中带刚。李纨似乎也为掩饰尴尬，忙将话题转到平儿所带之物上来。而下一句“你就是你奶奶的一把总钥匙，还要这钥匙干什么。”又隐隐露出一股醋意。故平儿道：“奶奶吃了酒，又拿了我来打趣取笑了。”“又”字既表现出她对凤姐的忠心经常为李纨弹压，更隐含对李纨的不满。

全书中，诸如此类的李纨对平儿之热情颇多，而平儿对李纨的种种打趣、亲昵却总是以礼待之，既无畏怯之态，也无迎合之意。可见她对李纨抱着一种敬而远之的态度。平儿此人，极聪明又极本分，是最会拿捏分寸的大丫头。想来李纨处处讥嘲她对凤姐的忠心，她便有了警觉提防；二来李纨对她实在过于亲昵，虽然别人未多留意，她却已生了本能的不安，常暗以言语神态以示冷淡。从中大可见平儿的性格与机心。

如何解释李纨对平儿这种非同于对他人的偏爱呢？

在大观园一众贵族女子中，李纨的命运表面上看虽平淡无奇，已经可以下结论了，实际上却照样不脱千红一哭万艳同悲的悲剧结局，而其悲剧内涵又常常为读者所忽略。以机心论，她的淡然处世、随分而安当是由家庭教育和社会要求所共同决定的，但她本质上又不像迎春那样如木头般与世无求，因此就产生了心理的矛盾与痛苦。

作为寡妇，她必须安守家中侍亲教子，除去在刘姥姥二进大观园这样特殊的热闹时刻协助安排出行之事外，她的世用就是带着哥儿姐儿们玩玩精致的淘气。兰哥儿当然是她生活重点，但毕竟兰哥儿还小，在课读上无须多操心，生活上的照顾也交与奶妈及众丫环，不需她这个做母亲的事必躬亲。而她虽识文断字，却只念了几部冬烘的旧书，在精神上亦不像黛玉有丰富的追求。因此，她有太多的时间精力无处发泄。

而她所能接触到的男性，只有宝玉一个晚辈。作为已经历男女情事的成熟女性，却毫无与同龄异性接触的机会，还绝对不能表现出任何怅然，这不能不说是折磨，是考验。

大观园的女孩子们待字闺中，是还有未来的。虽然那未来同样不可预测；李纨在情感上的悲剧命运，却只能与妙玉同为天涯沦落人。但妙玉日日生活于栊翠庵这等清静之地，又未体会过男女之事。更微妙者在于，李纨偏偏对妙玉的印象非常不好，说“可厌妙玉为人，我不理她”。可见以她这种循规蹈矩的大家闺秀，对妙玉的乖僻放诞极不以为然。而妙玉对黛玉宝钗尚有知音之情，也与惜春有共同语言，对宝玉就更不必说了，却怕是唯独没有把这位活菩萨般的大嫂放在她高傲的眼里。

李纨曾在前述湘云设螃蟹宴那一回借褒扬平儿隐曲表露过伤心和孤独，但是众人连这个机会都不肯给她，“连连的散了”。是的，黛玉自有宝玉为知己，湘云也有宝钗来关心她；而人生差不多已经画了句号的李纨，却从没有得到过真正的同情。在哥儿们姐儿们心目中，她只是个抽象的符号——“大嫂子”。组织诗社固然须征得李纨的同意，但李纨的作用也只在盖公章而已。

长此以往，必会扭曲这个贵族寡妇的心理。

李纨对凤姐深藏的嫉妒，不动声色的诋毁，与以上诸条是紧密相连的。同为大户出身，不识字的凤姐呼风唤雨无所不能，诗礼人家女儿的她却只能居于大观园一隅带几个小孩子玩玩。虽才干不及凤姐十分之一，她却也不是个没心气的。

第二，凤姐夫妻年貌相当，长相厮守，又可与贾蓉等公子哥公然往来，已臻封建贵族女子与异性交际之极限。偏生凤姐身边还有个性格才智都出众，忠心耿耿的平儿，而李纨身边的丫头却大都不尽如人意。

李纨对平儿有些畸形的感情，怕也多少因此而发。大观园丫头众多，为何她只喜爱平儿？一来，平儿性情和顺，从不惹事生非却柔中带刚，品貌又清俊脱俗，全无下人猥琐势利之态，是女儿中的尖子。二来，以凤姐之毒与贾琏之淫，她周旋其中，诸人无不为之怜惜，日久天长自能由怜生爱。

而李纨从前与贾珠的感情如何，全书少有交代，只在螃蟹宴后的第三十九回，她说："想当初你珠大爷在日，何曾也没两个人。你们看我还是那容不下人的？天天只见她两个不自在。"言语中抑制不住对贾珠的不满。可见贾珠对她并非专情。贾珠之妾大概又是秋桐一类角色，所以贾珠一死，她便立刻把她们打发了。因此念及平儿这样姬妾的好处，更是慨叹。

第三，平儿虽名为贾琏之妾，但慑于凤姐之威，一年里二人极少同处，她也毫无怨言。这大概又使李纨想到自己当年独守空房，敢怒不敢言的处境与平儿何其相似，由此更生同是天涯沦落人之情。

综观以上种种，在一个完全接触不到异性的环境里，正当青春年华的大嫂子，对平儿会渐渐萌生恋爱般的情感，希冀从她身上索取一些温暖、一点依靠，也就完全不难理解了。这种感情，相信是连李纨自己也并未亦不愿意识到的。这种感情，更绝不会在同等级的贵族女性身上发生。正因为拿住了平儿低贱的身份，潜意识才能纵使她作出些狎昵举动。这种畸形的，堪称以势欺人的"感情"到底算什么呢？可怜，可悲！

李纨的痛苦，是深积胸中无可道的。就连对女子抱有深切同情的宝玉，能理解黛玉，怜惜香菱、平儿，却独未留意过这位朝夕相处的大嫂。这固因他们辈份相差，也在于李纨表面上的美满平静和丝毫不敢表现痛楚的机心，使众人完全忽略了她。而众人越忽略她，她也就越扭曲，越不敢流露心底真实的感受。

有人说曹雪芹塑造了那么多性情各异命运多舛的女孩，大概他在生活中就接触过这么多相同类型的女子。这是有一定道理的。在雪芹生活的时代，他接触的女子中，绝不乏青年守寡的贵族少妇。他与她们相处甚久，以极敏锐的天才眼光，看出她们为人忽视的平淡生活中隐含的痛苦心理，体察出她们自己都不知觉的异常的行为举止，并以自己的如椽之笔，将其自然地表现出来，在看似普通的一言一行中，让读者去体会复杂深沉的人性内涵。

宝玉的三段不了情

《红楼梦》笔笔有其用意。这里一笔带过的“头场雪”，在后面也是一出实打实的重场戏。而第三十九回正逢“篱畔秋酣一觉清，和云伴月不分明”的金秋时节，何以刘姥姥随口编造的故事偏涉及到冬雪？黛玉、探春偏偏也谈到赏雪、吟诗，看似是几笔淡彩，其间有何深意？

周汝昌先生在《〈红楼梦〉不好读》中指出：“《红楼梦》有很多与众不同。头一个是它的思想内涵，和传统的小说不太一样……次一个与众不同，是它的笔法艺术，独具特点特色，也与传统的小说不可同日而语。”

我以为，《红楼梦》第三十九回“村姥姥是信口开合，情哥哥偏寻根究底”就将周先生上述两种与众不同之特色，将思想内涵与笔法艺术有机完美地结合起来了。

在我看来，这是极特殊的一回。原因在于宝玉那句实在应该大写出来的评语！

此回写道，刘姥姥二进大观园，成为贾母的座上红人：

那刘姥姥虽是个村野人，却生来的有些见识，况且年纪老了，世情上经历过的，见头一个贾母高兴，第二见这些哥儿姐儿们都爱听，便没了说的也编出些话来讲。因说道："……去年冬天，接连下了几天雪，地下压了三四尺深。我那日起的早，还没出房门，只听外头柴草响。我想着必定是有人偷柴草来了。我爬着窗户眼儿一瞧，却不是我们村庄上的人。"贾母道："必定是过路的客人们冷了，见现成的柴，抽些烤火去也是有的。"刘姥姥笑道："也并不是客人，所以说来奇怪。老寿星当个什么人？原来是一个十七八岁的极标致的一个小姑娘，梳着溜油光的头，穿着大红袄儿，白绫裙子……"

正说到关节处，外面忽报南院马棚走了水，这个诗意的故事就此打住了。

一屋子人都没把它放在心上，只有宝玉"闷闷的心中筹画"。尔后，探春与他商量等下头场雪，请老太太赏雪，雪下吟诗事。偏偏黛玉在这个关头开了口。只见：

林黛玉忙笑道："咱们雪下吟诗？依我说，还不如弄一捆柴火，雪下抽柴，还更有趣儿呢。"说着，宝钗等都笑了。宝玉瞅了他一眼，也不答话……

《红楼梦》笔笔有其用意。这里一笔带过的"头场雪"，在后面也是一出实打实的重场戏。而第三十九回正逢"篱畔秋酣一觉清，和云伴月不分明"的金秋时节，何以刘姥姥随口编造的故事偏涉及冬雪？黛玉、探春偏偏也谈到赏雪、吟诗，看似是几笔淡彩，其间有何深意？

在这里，黛玉似是又犯了拈酸吃醋的小性儿，她在揶揄宝玉无端的痴情吗？曹公一笔常作多笔，又设下了哪条伏脉暗线呢？

一时散了，背地里宝玉足的拉了刘姥姥，细问那女孩儿是谁。刘姥姥只得编了告诉他道：“那原是我们庄北沿地埂子上有一个小祠堂里供的，不是神佛，当先有个什么老爷。”说着又想名姓。宝玉道：“不拘什么名姓，你不必想了，只说原故就是了。”刘姥姥道：“这老爷没有儿子，只有一位小姐，名叫茗玉。小姐知书识字，老爷太太爱如珍宝。可惜这茗玉小姐生到十七岁，一病死了。”

——白先勇先生曾考证，凡名带“玉”者，皆与宝玉有极密切深隐的联系。而这个刘姥姥编出来的“小姐”，为何名字也有个“玉”？

“茗玉”是刘姥姥胡编的，那黛玉又何尝不是曹公“杂取种种，合成一个”的典型人物呢？袭人曾点出，宝玉对穿红衣者很在意，而宝玉自己和黛玉在冬日就常着红色。偏偏这“茗玉”呢，竟也“穿着大红袄儿”！

一部《红楼梦》，有现实，有虚幻，有人间，有天界，竟是三维甚至四维空间交织纵横的艺术世界，这就是它独特的笔法艺术。而茗玉，又属于哪一维?!

宝玉对茗玉是如此念念在心，偏又由黛玉看出。这真是烘云托月之笔。而宝玉对黛玉调侃的反应是“瞅了他一眼，也不答话”。

同样显得微妙无言。过去的评点家对曹公这种独特的伏脉法有一比喻："如常山之蛇，击首尾应，击尾首应——击腹则首尾俱应。"此为即"常山之蛇"之首。在另一出重场戏，第六十三回"寿怡红群芳开夜宴，死金丹独艳理亲丧"里，也出现了一幕极相似的场面。此为其尾。现在就要说说了，在这绵延千里的两个回目之间，存在怎样一条前呼后应的草蛇灰线？

我们知道，《红楼梦》的特点就是虚实相生。从虚入实，再由实返虚。既然开首即云，书中"一众风流冤孽"均是"下凡历劫造世之辈"，那么又有什么是不可能发生的呢！曹公好比是站在大荒山上、青埂峰下，他的思想境界何其博大精妙，他的心理视角何其夭矫不群，那是神秘主义与现实主义的完美结合。而手法再高妙，最终还是要为思想内容服务的。

那么就暂且换个视角，先谈谈第六十三回吧。为贺宝玉生辰，夜宴上诸芳云集。宝钗抽的签子为牡丹，此乃"群芳之冠"。宝钗因命芳官唱曲，后者唱了一支汤显祖的《赏花时》。此曲出自《邯郸记》，写的是神仙度世之旨。后面还将以专文谈这支曲子。

那是个温暖的春夜，和风煦煦，笑语娇声，却有个人在听罢芳官的演唱后严肃起来——方才还"只管拿着那签，口内颠来倒去念'任是无情也动人'"的宝玉，"眼看着芳官不语"。

我们看，前一个是"瞅了他（黛玉——笔者注）一眼，也不答话"，后一个是"眼看着芳官不语"。宝玉何以在两个充满欢声笑语的场合都表现出了同样罕见的沉默？我似乎能看到这样一幅潜在的画面：在那一刻，宝玉忽然感到说不出的肃杀。他只能缄默。

对这些女孩子的悲剧命运，这个"无事忙"，向来是比她们自己还严肃认真地对待着的。难道宝玉是在潜意识的指挥下预演着对"千红一哭，万艳同悲”的哀悼吗？可是无论黛玉，还是芳官，却正在他周围愉快地谈笑！这是何等惊心动魄的对比！何等深厚的文心匠意！

这两个象征场合，实在是至关重要的！

那么，回过头来想，茗玉十七岁就死了，也就不是闲文。它是否为一机括，暗指黛玉夭亡之岁呢？

接下来，为了应付宝玉的盘根究底，刘姥姥不得不继续编道：

> “因为老爷太太思念不尽，便盖了这祠堂，塑了这茗玉小姐的像，派了人烧香拨火。如今日久年深的，人也没了，庙也烂了，那个像就成了精。”宝玉忙道：“不是成精，规矩这样人是虽死不死的。”

真正的主题终于借宝玉之口大白于天下：“规矩这样人是虽死不死的。”此句真应大写特写！依我看，这话正是全书的灵魂，更是全书的主旨，也是全书的中心。“花落水流红”，三春过后诸芳尽。曹公在鲜花着锦、烈火烹油的盛时预先表示出了一种思想，一种态度。其中有沉痛，有叹恨，却更包含着对“行止见识皆出于男子之上”的闺阁女儿的纪念之情！它直托出了一种前所未有的思想境界。设若全书仅存此一节，亦超拔于前后时代无数高头讲章矣。

而宝玉真是苦心孤诣。他郑重其事地命茗烟去找那个庙，想祭奠这个从未谋面的茗玉，真真是一笔多用。这分明就是世俗热闹中的孤独。曹公真乃于欢天喜地大背景中营造大悲凉气氛的高手。

这种气氛在此后，第四十三回凤姐生辰之际，阖府喜庆之中又一次萦绕在宝玉心上。他冒着被责骂的危险，大费周章逃出贾府，在茗烟的陪同下到凄凉的尼庵里撮土为香，祭奠投水冤死的丫鬟金钏。

这也是为着完一段“不了情”。

宝玉祭金钏，实是为最后的祭黛玉做提前的演练。故当时就引出了黛玉“天下水终归一源，不拘哪里水舀一碗也就尽了情”的议论。黛玉是在说自己。到了第七十八回，宝玉更以群芳之蕊、冰鲛之縠、沁芳之泉、枫露之茗郑重祭奠同样抱屈夭亡的丫鬟晴雯。他写了一篇长长的祭文《芙蓉女儿诔》，泣读之声，引来黛玉的月下倾听。这都是同一个路子。

三次祭奠（茗玉这次只是想象中的，也是更诗意的），三段不了情，里面都“巧合”地出现了黛玉的议论。其深层指向皆为黛玉无疑。

如若说谈到茗玉时，黛玉还带着玩笑的口吻，到金钏那回则已严肃深沉起来了，她自己点出了自己落花流水的归宿。这真像一首宏大的交响乐，祭奠女儿这支重要的主题贯穿始终，汩汩流淌，直至第七十九回达到高潮。宝玉将《芙蓉女儿诔》中间两句改为“茜纱窗下，我本无缘；黄土垄中，卿何薄命。”黛玉听了，“忡然变色”。这是笃笃定定应到她身上了。

“规矩这样人是虽死不死的”，宝玉胸中一段不可磨灭之气使他为天下女儿发出深极哀痛、血透纸背的叹息。反观第一回曹公云“用假语村言，敷演出一段故事来，亦可使闺阁昭传！”前呼后应，这正是《红楼梦》的精神命脉，一种极其博大崇高的感情境界。

诚哉斯言！

隐约仙娥泛寒碧

同是仙境、仙娥——"神仙姐姐"，仙子们都发出了对外人"惊问"的口吻，两个场面何其神似！

《红楼梦》，这是一部诞生于封建时代鼎盛时期，集中华民族灿烂辉煌历史文化之大成的巨著。且不论经史典籍，单就诗词歌赋、小说家言与其的隐、显联系，便可列出一个长长的名单来。甚至，据考证，金陵织造曹家、苏州织造李家（即老太太的娘家）因是皇商，与澳门地区的葡萄牙人有商贸交往，曹公可能还受过《圣经》的影响……

周汝昌先生云："雪芹之前那段时期，小说极盛，可惜在清代多次禁毁之下，所余已经无几。这对研究《红楼梦》与其他小说的渊源关系造成了极大困难和损失。但是如果细心，仍然不时可以获得一点意外的'隙缝之光'。我以为，大约《梼杌闲评》就曾给了雪芹以相当的启示。《梼杌闲评》所写的客氏，乃是一位'奉圣夫人'，即皇帝乳保。魏忠贤是一个太监，即宫中奴仆。这已给了雪芹某种感触（因他自己的家世正是宫中乳保奴仆的一种身份）。而

《梼杌闲评》又名《明珠缘》，它开头就从大禹治水，锁住水怪‘支祁连’的故事引起。此书女主角客印月，是一条赤练蛇衔珠而投胎幻化以成的。还有许多蛛丝马迹都显示了两部小说的渊源影响关系。有人说，《梼杌闲评》和《明珠缘》两个名字，正好说明了此书由两种因素构成：一是史实，一是爱情，因此这部野史既是讲史小说，又是言情小说，这一点大约也给了曹雪芹以若干启示。据研究者考察，《梼杌闲评》刊刻于康、雍年间，正是雪芹少年时得见的小说之一。”①

除此之外，周先生还考证过，《红楼梦》旧名《风月宝鉴》，乃系从明冯梦龙著《情天宝鉴》脱得。冯著《情史》二十四品类的“情榜”为一百零八位女子传神写照（又与《水浒》一百零八条好汉为对仗），给了雪芹莫大启发。脂批透露八十回后为一百零八位女儿所立的情榜，自是参考冯著，点石成金的结果。

在《说不尽的红楼梦》中，端木蕻良先生亦考证出，雪芹深受付梓于康熙五十年的吕熊长篇神魔小说《女仙外史》（又名《石头魂》）的深刻影响……

我以为，最重要的是，这些小说，皆属“奇诡仙鬼一格”！其主人公，也都是《红楼梦》第二回所说的，“正邪两赋”之人！何谓“正邪两赋”？曹公曾借贾雨村口云：“天地生人，除大仁大恶两种，余者皆无大异。若大仁者，则应运而生，大恶者，则应劫而生。运生世治，劫生世危……大仁者，修治天下；大恶者，扰乱天下。清明灵秀，天地之正气，仁者之所秉也；残忍乖僻，天地之邪气，恶者之所秉也……故其气必亦赋人，发泄一尽始散。使男女秉其气

① 《红楼小讲》，33 页，34 页。

而生者，在上则不能成仁人君子，下亦不能为大凶大恶。置之万万人中，其聪俊灵秀之气，则在万万人之上；其乖僻邪谬不近人情之态，又在万万人之下。若生于公侯富贵之家，则为情痴情种；若生于诗书清贫之族，则为逸士高人；纵再偶生于薄祚寒门，断不能为走卒健仆，甘遭庸人驱制驾驭，必为奇优名娼。”

以上所谈都为小说创作。而生活于康熙一朝的大词人纳兰性德，就是个“正邪两赋”的典型人物！他既为情痴情种，也是逸士高人。他极富传奇性的人生，充满诗意的性灵，对曹公创作之人文启蒙意义，也早为世所公认了。

在纳兰的周围，还生活着一批同样秉“正邪两赋”的逸士高人，尤以汉族文士为最。江南名诗人顾贞观就是个中魁首。他是纳兰性德的知己。顾贞观曾填写过一首《兰陵王》词。此词虽不是他最广为人知的作品，其中却蕴藉着一股说不出的缥缈情怀。若将其与《红楼梦》第五回“游幻境指迷十二钗，饮仙醴曲演红楼梦”同读，会收到一种意想不到的效果。好似金圣叹所言，花生米与豆腐干同嚼，能品出肉味！

这是一首长调三片慢词，写的是诗人江行凄怀：船上瑶席将散，意兴阑珊；伤逝伤离，旧欢难会：

片帆侧。斜倚轻衫雪色。凝眸倦、清镜窈然，隐约仙娥泛寒碧。霜林泪丝织，翻作春红靓饰。空蒙外、多少远山，犹是青螺黛痕积。移时共兰鹢。正乍展香襟，旋散瑶席。佩珠许傍宫腰摘。更瑞锦分系，宝钗亲嘱，衍波笺字莫漫湿。附苹末吹入。岑寂。又如昔。向洛渚遗尘，布袜重觅。鸳鸯飞去头俱白。奈踏浪难稳，郭风无力。水云天远，只此意，怎忘得？

我们来试着分析一下中阕的末句“宝钗亲嘱，衍波笺字莫漫湿”。此处不仅出现了泛指的美女“宝钗”，其实更藏了另一层幽景！何谓“衍波笺字”？此中有个故实。《诗话总龟》卷三四引宋王直方《直方诗话》云：“萧贯少时，尝梦至宫廷中……见群妇人如神仙，视贯，惊问何所从来？……”

此时再读《红楼梦》第五回“游幻境指迷十二钗，饮仙醴曲演红楼梦”，可见这样一段描写：

> 宝玉还欲看时，那仙姑……遂掩了卷册，笑向宝玉道：“且随我去游玩奇景，何必在此打这闷葫芦！”宝玉恍恍惚惚，不觉弃了卷册，又随了警幻来至后面。但见珠帘绣幕，画栋雕檐，说不尽那光摇朱户金铺地，雪照琼窗玉作宫。更见仙花馥郁，异草芬芳，真好个所在。又听警幻笑道：“还不快出来迎接贵客！”一语未了，只见房中又走出几个仙子来……一见了宝玉，都怨警幻道：“我们不知系何贵客，忙的接了出来！……何故反引这浊物来污染这清净女儿之地！”

同是仙境、仙娥——“神仙姐姐”，仙子们都发出了对外人“惊问”的口吻，两个场面何其神似！虽然可能只是巧合，但我们可以得出个并不武断的推论：或许这首词早已印在博览群书的曹公心中，被他不自觉地脱化入梦。我还想到，唐明皇梦游月宫时，见仙娥起舞，触发灵感，《霓裳羽衣舞》由此诞生……读者的历史文化积累越丰富，这种心理触发就越发广泛，越有意思！这种种，又正应了《兰陵王》末句所云：“只此意，怎忘得！”

是的，浩如烟海的文化典籍（尤其子、集二部）、历史传说，部部都是《红楼梦》的醴泉之源啊！

复观《兰陵王》下阕，“向洛渚遗迹，布袜重觅”一句，显系述洛神传说，却又应了《红楼梦》中对洛神般的潇湘妃子林黛玉的归宿之叹。体察整首词的审美境界，我发现它对于景物的描写都很空灵、凄清，“隐约仙娥泛寒碧”，“犹是青螺黛痕积”……这种诗样的意境，其实与大观园中人的精神世界、命运归宿的审美意境也有异曲同工之妙。

另有一层。此词乃写江行，时代为康熙年间。我由是又忆及少时爱不释手的《曹雪芹》。我是先读《曹雪芹》，后读《红楼梦》的。这本端木蕻良没有完成的长篇小说，开头即为康熙骤然薨逝，宫廷、民间的政治斗争风起云涌。江南曹家也被卷入其中的描写。但小“占姐儿”（即雪芹）的生活依然充满了诗情画意。后占姐儿去往京城，留于金陵的丫鬟金凤（为此书之大关节人物，与《红楼梦》的晴雯相侔）蒙诬，被逐出曹府。占姐儿重返金陵之际，一行人所乘之画舫与金凤坐的小舟擦身而过。他隐约听到天地间传来金凤的呼唤，出舱一看，江面茫茫，哪里有金凤的踪影？

盖《曹雪芹》，实乃吾读《红》之蒙学也。按，“水云天远，只此意，怎忘得？”这句《兰陵王》的结语，不但是顾贞观江行之凄怀，也可借来，视做小占姐儿面对长江水，对心灵知己金凤情意之所寄。顾贞观这里叹瑶席将散，那边曹雪芹则借丫鬟小红、司棋之口说出“天下无不散的筵席”！水长天远，伤逝伤离。这种境界，这种中华文化一脉凝炼高远的诗意就是这样在文学作品中生生世世传承不怠的。

到底是哪个林四娘？

为林四娘赋词，或许真正要赋的还不是别人，竟是前朝那个遭逢国难，"魂魄犹恋故墟"的宫人林四娘？

在《红楼梦》第七十八回，遭逢了王夫人抄检大观园的惨境后，宝玉哀叹大约园中之人不久都要散的了。曹公忽在此时插入风马牛不相及的一段描写：正在不知所以之际，贾政忽然又找他去。"彼时贾政正与众幕友们谈论寻秋之胜，又说：'快散时忽然谈及一事，最是千古佳谈，'风流隽逸，忠义慷慨'八字皆备，倒是个好题目，大家要作一首挽词。'"

挽词的对象是谁？"恒王之姬林四娘"。此女"姿色既冠，且武艺更精"，后在"黄巾赤眉之乱"中为夫报仇，香销玉殒了。完全是个虚拟人物。

《红楼梦》，笔笔有深意。往往看似闲写、淡彩之处，暗伏天机大旨。这是与它特殊的创作环境分不开的。这样想来，林四娘这个虚拟人物，真有点影射波谲云诡的朝廷争斗的意思了！

回想在第四十三回"闲取乐偶攒金庆寿，不了情暂撮土为香"

里，宝玉偏于凤姐生日的热烈里偷跑出去，肃穆而悲痛地祭奠投水而死的金钏。曹公这种笔法，不但是轻中有重，同样也是举重若轻。

因回想就在那一回，宝玉祭奠金钏后更重要的下文。宝玉回来，“刚至穿堂那边，只见玉钏独坐在廊檐下垂泪，一见他来，便收泪说道：‘凤凰来了，快进去吧。再一会子不来，都反了。’”这话本是平常，似借玉钏之口吐露众人寻不到宝玉时的焦急心情，而曾读过八十回后文字的脂砚却下了这般重要的批语：“是平常言语，却是无限文章，无限情理，看至后文，再细思此言，即可知也。”

——这短短一句话，究竟埋藏着什么了不得的机关?！难道系指后文天翻地覆之际宝玉还置身度外？抑或埋下了其他什么惊天动地的伏线？宝玉祭奠金钏，自是暗伏后面的祭黛玉，那么这番因祭金钏而起的纷乱，又与林妹妹有何深层联系？

那“都反了”三字，本不为人注意，一经脂砚揭露，方觉触目惊心、极不寻常。这里面又藏了何等重要的“文章情理”呢？

再者，宝玉祭奠金钏，本是秋天之事。而在第七十八回，宝玉这里哀叹大观园之人快散了，贾政那里聚集清客高谈阔论的，却正是“寻秋之胜”。接下来贾政却也说了“快散时”三字，字面意思是聚会快散了，可这下面是否还暗伏着“树倒猢狲散”的更深远寓意？贾政还意兴大发，要“作挽词”，挽的偏偏是青州杀反贼而死的林四娘。在这诸多故事间，究竟贯穿着一条什么样的草蛇灰线？是伏贾家将在秋天败散，还是有更多蕴义？

白先勇先生说过，《红楼梦》里凡名带“玉”者，皆与宝玉有极深隐关联。那么，只寥寥出场过两三次，平常无奇的丫鬟玉钏也是吗？在上面“刚至穿堂那边，只见玉钏独坐在廊檐下垂泪”一段后面，脂砚还批道：“总是千奇百怪文字。”当宝玉陪笑问她：“你猜我往哪里去了?”时,“玉钏不答,只管擦泪。”脂批又云:“无限情理。”短短一段看似无奇的文字竟出现了如此密集的批语,玉钏仅有的几点言行无一例外都被评注了。这又是为什么呢?

玉钏的伤感,可视作她正在这热闹场合独自思念着含冤投井的亡姐金钏。但凤姐生日这天并非金钏周年祭日,宝玉偏择此日出去祭拜,已属奇文,玉钏的落泪就必然更“千奇百怪”,含“无限情理”了——是她感知到了宝玉的拳拳心意,还是曹公故意以她奇怪的“垂泪”“擦泪”,并“收泪”所言:“凤凰来了,快进去吧。再一会子不来,都反了”预示后文的“无限文章”?而这个“反了”,又到底是指边境的动荡,还是暗喻朝廷内部敌对势力的反扑呢?

端木蕻良先生曾在《说不尽的红楼梦》中考证,雪芹深受付梓于康熙五十年的吕熊长篇神魔小说《女仙外史》(又名《石头魂》)影响。《女仙外史》的故事即以明季初叶统治集团内部削藩和反削藩的政治斗争为背景,以燕王靖难、建文帝逊国为题材,其中又插以唐赛儿领导的山东农民起义,其创作主旨则是“褒忠殛叛”。

杨锺贤先生在《女仙外史校点说明》中这样介绍:“青州地区(巧得很,正是“林四娘”所在的青州——笔者注)蒲台县民林三的孀妻唐赛儿,遂乘机到益都、诸城、安州、莒州、即墨、寿光等州县,借白莲教组织发动农民起义……但由于寡不敌众,起义终告失败。永乐帝‘以唐赛儿不获,虑削发为尼,或混处女道士中’,遂诏命‘尽逮山东、北京尼,既又尽逮天下出家妇女,先后几万人’,而“赛儿竟遁去,不知所终”(《明史纪事本末》)。小说还‘杂以仙灵幻化之情,海市楼台之景’,说唐赛儿是月殿帝子嫦娥转世,燕王是天狼星投胎,他们是带着‘先天’的仇怨来到人间互为敌国的。小说还摭取有关的神话传说,把释、道、魔三家的有关仙真和山岳河渎的许多神明，统统“组织发动”起来，编入了唐赛儿‘起义勤王’的‘政治阵线’。”

这就怪不得了！在清末诸多奇形怪状的《红楼梦》续书里，有一种竟是金闺弱质的林黛玉突变成能征善战的女将军，建功立业，光复贾府！看来这个续作者脾味里也颇不好务正！我以为《女仙外史》确实为解读红楼诸疑点提供了一种崭新的资源与思路。现试列表对比如下：

林三娘，闺名唐赛儿（《女仙外史》）——林四娘（《红楼梦》）；

唐赛儿是嫦娥转世（《女仙外史》）——林黛玉是绛珠仙草下世（《红楼梦》）；

燕王朱棣是天狼星投胎（《女仙外史》，境界上似乎差了些）——宝玉是神瑛侍者下凡（《红楼梦》）；

朱、唐斗争系来自“先天”的仇怨（《女仙外史》）——宝、黛之情是灵河岸边三生石上的因果（《红楼梦》）；

释、道、魔三家仙真和山岳河渎的许多神明编入了唐赛儿“起义勤王”的“政治阵线”（《女仙外史》）——警幻仙子、渺渺真人、茫茫大士忙着为一干下世的风流孽鬼挂号、度世、销号（《红楼梦》）……

如若暂时放下立足文学的研究手法，突破范式，取以一一比较，个个重新分析，凭依历史、文化的视角，虽不一定会有什么惊天动地的突破，但一定会对曹雪芹的“字字辛苦不寻常”一句产生更深刻的感悟，生发更丰富的联想。

更巧的是，我发现在清初大诗人王士祯《池北偶谈》卷二十一中，的的确确有一条关于“林四娘”的记载。原来，明朝也有个林四娘，竟亦与皇室有关，是位宫人。宫人林四娘在国破后，亡魂流落北方，哀诉“魂魄犹恋故墟”。——读者是否留意到了呢？

在《红楼梦》中，贾政命众人为“林四娘”作挽词事，正插于林黛玉的“影子”晴雯死亡，宝玉百感交集地撰《芙蓉女儿诔》之前，而四娘又分明与黛玉是同姓的。只不知，要挽的究竟是哪一个？这段长篇歌颂，真是出于曹公亲笔吗？

在高鹗续作里，有些部分也相当的精彩，如黛玉之死，亦如曲终人散之际宝玉在微微的雪影里披着大红斗篷向父亲最后的一拜。显然高鹗袭用了某些曹公残稿。而黛玉要求死后将灵柩送回姑苏，紫鹃自告奋勇护灵这些令人泪下的凄美叙述，很可能也有原稿的残章。

此处，笔者再大胆抛出一个更新颖的另类解读——为林四娘赋词，或许真正要赋的还不是别人，竟是前朝那个遭逢国难，“魂魄犹恋故墟”的宫人林四娘？——如若推想属实，那么这一段当是由曹家某个自幼生长于南方的长辈加上的吧——说不定这个人就是“畸笏叟”，一个年纪很老的批注者——或许雪芹最终接受了他的提议，并因此受到启发，点石成金，继续发展出黛玉死后要求将灵柩运回姑苏故里，“魂魄犹恋故墟”的凄恻情节。

而将这段关于林四娘的挽词穿插于晴雯之死与宝玉祭奠她之间，就更有些深意了。晴雯正是黛玉之影，而且也是南边来的汉族少女。但她是奴才，又是死于“女儿痨”，只能被就地草草埋掉，甚至尸骨无存。她是无福魂归故里的。而黛玉，却有权力在临终前向贾家提出这个最后的要求！

反观第三十三回，一个老下人对金钏的跳井满不在乎地“笑道”：“跳井让他跳去”，“有什么大不了的事？”一句话点醒梦中人。贾府上下，上至主子，下至奴才，对弱者的生命悲剧都一致惊人地抱持司空见惯、麻木淡漠的态度。而第七十八回，小丫头向宝玉叙述晴雯死前“一夜叫的是娘”时，语气也同样显得司空见惯；倒是惹得听者宝玉“拭泪”。试看终部《红楼梦》，只有宝玉，始终同情着这些与自己一道下世，又终要“回去”了的薄命女子们！

这就是体贴，是爱重，是怜惜，是一颗光芒万丈的心！

林黛玉与董小宛

林黛玉自然不是董小宛，但她的生活原型是否有过类似董小宛的遭际呢？这就永远是个谜了。

纳兰容若悼亡词有“卿自早醒侬自梦”——全本《红楼梦》以贾宝玉与林黛玉的爱情故事为主线，但黛玉终究只是宝玉倾注思念与悔恨的“画儿中爱宠”吗？此话怎说？请见《红楼梦》第四十五回“金兰契互剖金兰语 风雨夕闷制风雨词”：

只见宝玉头上带着大箬笠，身上披着蓑衣。黛玉不觉笑了：“那里来的渔翁！”宝玉道：“这三样都是北静王送的。他闲了下雨时在家里也是这样。你喜欢这个，我也弄一套来送你……”黛玉笑道：“我不要他。戴上那个，成个画儿上画的和戏上扮的渔婆了。”及说了出来，方想起话未忖夺，与方才说宝玉的话相连，后悔不及，羞的脸飞红，便伏在桌上嗽个不住。

针对这一段，脂批云：“妙极之文，使黛玉自己直说出夫妻来，却又云画的扮的。本是闲谈，却是暗隐不吉之兆。所谓‘画儿中爱宠’是也，谁曰不然。”

这就是传说黛玉是“画儿中爱宠”的来历。而这已是林黛玉与北静王之间的第二次关联了。头一回，是在第十六回“贾元春才选凤藻宫，秦鲸卿夭逝黄泉路”中，林黛玉回姑苏给父亲林如海送葬事妥，北上回府。宝、黛一见面，宝玉就将北静王赠自己的鹡鸰香串“珍重取出来”，送与黛玉。黛玉说“什么臭男人拿过的，我不要他”，掷而不取——似乎黛玉很喜欢“掷”这个动作。这里是如此，后面诗会上一挥而就，将诗稿“掷与众人“——一个字，就生动地点出了她的性格。

早有人考证说，宝玉把北静王送给自己的香串转赠黛玉，暗喻着贾府败落，老太太去世后，黛玉被王夫人许给北静王为妾……如若此说有些道理，莫非北静王才真正是黛玉“后悔不及”所指向的那“渔翁”不成？真真是最残酷无情的绝望与讽刺。因宝玉的蓑衣斗笠正系北静王所赐，并且——“他闲了下雨时在家里也是这样”。

第四十三回，宝玉偷跑出去祭奠金钏，其实是为后面的祭奠黛玉提前演练，编的借口就是“北静王的一个妾没了”，并恰恰引出黛玉发议论说“天下水终归一源，不拘哪里水舀一碗也就尽了情”。是否这也预示着无论于宝玉亦或北静王，最终黛玉都只是“画儿中爱宠”罢了？是北静王“没了”的妾，也是宝玉后来遥祭的对象？

又在第五十七回“慧紫鹃情辞试忙玉，慈姨妈爱语慰痴颦”里，丫鬟紫鹃对黛玉说了一番动情之言：

> 我倒是一片真心为姑娘。替你愁了这几年了，无父母无兄弟，谁是知疼着热的人？趁早儿老太太还明白硬朗的时节，作

> 定了大事要紧。俗语说，“老健春寒秋后热”，倘或老太太一时有个好歹，那时虽也完事，只怕耽误了时光，还不得趁心如意呢。公子王孙虽多，那一个不是三房五妾，今儿朝东，明儿朝西？要一个天仙来，也不过三夜五夕，也丢在脖子后头了，甚至于为妾为丫头反目成仇的。若娘家有人有势的还好些，若是姑娘这样的人，有老太太一日还好一日，若没了老太太，也只是凭人去欺负了……

紫鹃这几句话，又是不是个沉痛的预告？——当老太太“一时有个好歹”后，宝玉因故不在贾府，“凭人去欺负”的黛玉正是被配给了北静王，为贾家增添一个可用的政治筹码。而紫鹃对“公子王孙”淫靡生活的深刻描画，怕也同样是北静王府的写照吧。

《红楼梦》是文学创作，宝黛之恋是前生带来的，自不容他人插手。这个思想原则属于形而上的文学本体范畴，也是《红楼梦》的诗意根子所羁縻。但文学创作的基础又必是丰富复杂的现实生活——曹公自己说“我半世亲睹亲闻的这几个女子”；冯其庸先生评说“然则十二钗皆以真人为本也!”不用愁，生活本身往往比小说更富于戏剧性。

在清代，政治斗争是空前复杂的，文字狱密如网罗。小说这种看似荒诞不经，被主流文化轻视的体裁虽争取了一定的回寰空间，也须以深隐曲折笔意出之方可。明末清初的文学语境就是这般如迷雾样隐约的。

由林黛玉扑朔迷离的结局，我不能免俗，联想到陈寅恪先生在《柳如是别传》里对董小宛结局的思考来。好事文人曾附会说，顺治皇帝的董鄂妃即是被清兵抢入皇宫的江南名妓董小宛。她死后，顺治悲痛欲绝上了五台山。此说自然无凭。但陈先生认为，董小宛可能也入了宫，亲友不能直言，只说她生病而死。但还是有一些疑点在他们的文字里透露出来。如董的丈夫、名士冒辟疆在忆董名文《影梅庵忆语》中谈到顺治七年三月他在外与友联诗，“不知何故，诗中咸有商音”，晚上做了个奇怪的梦，还家后“举室皆见，独不见姬”；巧的是那天小宛也做了个怪梦，“梦数人强余去”。而此庵名“影梅”，则与姜白石《疏影》词“昭君不惯胡尘远，但暗忆江南江北。想佩环，月夜归来，化作此花幽雅”又有关联。

有“诗史”之称的吴梅村在《题冒辟疆名姬董白小像》中也隐曲婉言“欲吊薛涛怜梦断，墓门深更阻侯门”。梅村诗意并非墓门比侯门深，而是相反。而钱牧斋“吴殿金钗葬几回”（《病榻消寒杂咏》为董小宛作）之意则更是迷离叵测了。如果不是被北兵劫掠入宫，“葬几回”就讲不通了。①

林黛玉自然不是董小宛，但她的生活原型是否有过类似董小宛的遭际呢？这就永远是个谜了。乾隆曾评《红楼梦》：“此乃明珠家事也。”明珠，清初权臣，大词人纳兰性德之父。皇帝的话向来真真假假，但贾宝玉的原型就是纳兰性德的说法确曾在很长时间里流行一时。据说纳兰就有个心仪的表妹被康熙纳入宫闱，纳兰多首词作都隐含着对她旖旎凄婉的情思。再细读《红楼梦》原本，北静王送给宝玉，宝玉转赠黛玉，被黛玉数落“什么臭男人拿过的我不要”的红鹡鸰香串，原系“前日圣上亲赐……”追根溯源，这珠子竟也来自“圣上”！

今人刘再复云：“《红楼梦》是一部自叙性小说，其艺术形象与

---

① 参见胡晓明《文化江南札记》，华东师范大学出版社2007年版，47页。

作者亲自见过交往过的生活原型关系极深。《红楼梦》作为伟大的艺术工程，有一个从实到虚的创造过程。”由实入虚，此话甚妙。故无论董小宛入宫是否可信，与林黛玉原型有无或隐或显的烛照，也不管贾宝玉身上有无纳兰的影子，一言以蔽之，在极权社会，纵使鲜衣怒马的贵族，到头来亦不过皇帝的御用工具而已。存殁参商，宝黛的情爱，以及无数闺阁女子美丽的青春理想，就更是一场场大“梦”、大“幻”了！这正是：“瞬息间则又乐极悲生，人非物换，究竟是到头一梦，万境归空。”甲戌脂批说，这四句“乃部之总纲”。

这种对《红楼梦》精神的理解，或许才是一部从实到虚，又由虚返实的《红楼梦》体现出的最深刻感人的沉甸甸文化内涵吧。

“痴梦仙姑”是不是林黛玉？

此时绛珠生魂尚未来到，可见黛玉并不在说话的众仙姑之列。那么这里的痴梦仙姑又是谁呢？

刘心武先生认为，《红楼梦》中，贾宝玉在梦游太虚幻境时，见到的四名仙姑：痴梦仙姑、钟情大士、引愁金女和度恨菩提分别影射宝玉生命里四个重要的女子：黛玉、湘云、宝钗和妙玉。我有些不同的意见。

在《红楼梦》第五回“游幻境指迷十二钗，饮仙醪曲演红楼梦”中，贾宝玉梦游太虚幻境时，见到了警幻仙姑，在薄命司看到金陵十二钗的正副册后，“又随了警幻来至后面”。警幻笑道：“你们快来迎接贵客!”“一语未了，只见房中又走出几个仙子来……一见了宝玉都怨谤警幻道：‘我们不知系何贵客，忙的接了出来！姐姐曾说今日今时必有绛珠妹子的生魂前来游玩，故我等久待……”从这段文字中，刘心武先生发前人所未发，做了一个很美丽的设想：原来林黛玉常在梦中回归天上，与众仙子嬉玩。

可是，如果这样解释，其后一段描写似乎就不大通了。宝玉请问众仙姑姓名，一名痴梦仙姑，一名钟情大士，一名引愁金女，一名度恨菩提。细细忖度，就会在这里发现一个逻辑上的悖论：既然仙姑们说“今日今时必有绛珠妹子的生魂前来游玩，故我等久待”，那么就说明此时绛珠生魂尚未来到，可见黛玉并不在说话的众仙姑之列。那么这里的痴梦仙姑又是谁呢？

刘心武先生的设想自成一说。或许，曹公在写作中想得不是万般周全，或竟在逻辑上略有些不通，也是可能的。

我个人认为既然四仙姑的命名暗喻贾宝玉的四个阶段的人生情感经历，第一个痴梦仙姑暗喻着他“痴然入梦，沉溺于青春期的无邪欢乐的阶段，那么把这个人物看作贾宝玉情感历程中必然遇到的一个抽象的里程碑，或许立意就更为高远了。”

旧时大宅门的家教观

老太太虽然表面上变通开明，底下实践的还是一丝不错的家规。那才是大观园看似自由快乐的种种场面下赖以维持运转的基本行事法则。这是融合了北方满人与南方汉族世家命妇的性格塑造出来的性格逻辑。

《红楼梦》第三十八回“林潇湘魁夺菊花诗，薛蘅芜讽和螃蟹咏”中，贾母笑骂王熙凤道：

> “这猴儿惯的了不得了，只管拿我取笑起来，恨的我撕你那油嘴。”凤姐笑道：“回来吃螃蟹，恐积了冷在心里，讨老祖宗笑一笑开开心，一高兴多吃两个就无妨了。”贾母笑道：“明儿叫你日夜跟着我。我倒常笑笑觉的开心，不许回家去。”王夫人笑道：“老太太因为喜欢他，才惯的他这样，还这样说，他明儿越发无礼了。”贾母笑道：“我喜欢他这样，况且他又不是那不知高低的孩子。家常没人，娘儿们原该这样。横竖礼体不错就罢。没的倒叫他从神儿似的作什么。”

可见老太太虽然表面上变通开明，底下实践的还是一丝不错的家规。那才是大观园看似自由快乐的种种场面下赖以维持运转的基本行事法则。这是融合了北方满人与南方汉族世家命妇的性格塑造出来的性格逻辑。

同样有着“百年富贵”生活底子的脂砚就能窥出文字后的深意，一针见血道：“近之暴发专讲理法，竟不知礼法，此似无礼，而礼法井井。所谓‘整瓶不动半瓶摇’，又曰‘习惯成自然’，真不谬也。”看到此处，笔者不觉赞叹：脂砚真解人也。

又可参见第五十六回，当江南甄府四个女人来请安时，贾母命宝玉来见。女人们上来拉宝玉的手，问长问短。“宝玉忙也笑问好”。于是四人赞扬宝玉性情和顺。贾母却一语道出旧时大户的家训天机：

> “我们这会子也打发人去见了你们（甄）宝玉，若拉他的手，他也自然勉强忍耐一时。可知你我这样人家的孩子们，凭他们有什么刁钻古怪的毛病儿，见了外人，必是要还出正经礼数来的。若他不还正经礼数，也断不容他刁钻去了。……若一味他只管没里没外，不与大人争光，凭他生的怎样，也是该打死的。”

真正的贵族世家，三代学穿衣，五代才能学会吃饭。所谓习惯成自然，文化不是凭空而来，要靠陶冶教化、代代积累，真不谬也。

每个人都逃不开的宏罗密网

无论是府里抑或府外，到处都张着无形的宏罗密网。而且它并非是单向的，而是你探我，我也来探你，最后各人逐层逐级上报天听——螳螂捕蝉，黄雀在后。最后握杆一网打尽的那个，就是皇上。

康雍乾时代的政治现实是什么？众所周知，那是个文字狱迭兴的酷寒时代，文网之密，罪名之多，后人无从想象。而曹公如此巧妙地通过贾府两个外来仆妇看似柴米油盐的琐细对话，隐曲地告知后世读者，在当时，上至公子王孙，下到平民百姓，每个人都逃不开无形的宏罗密网的覆罩。

在《红楼梦》第三十五回“白玉钏亲尝莲叶羹，黄金莺巧结梅花络”中，通判傅试家的两个婆子奉命来贾宝玉处请安，正好看见丫鬟玉钏把汤碗碰翻，浇在了宝玉手上。宝玉自己不察觉，反追问玉钏是否烫伤。于是，这两个婆子告辞后，见没人了，就一行走，一行谈论起来。

这一个笑道："怪道有人说他家宝玉是外像好里头糊涂，中看不中吃的，果然有些呆气。他自己烫了手，倒问人疼不疼，这可不是个呆子?"那一个又笑道："我前一回来，听见他家里许多人抱怨，千真万真的有些呆气。大雨淋的水鸡似的，他反告诉别人'下雨了，快避雨去罢。'你说可笑不可笑?时常没人在跟前，就自哭自笑的，看见燕子，就和燕子说话，河里看见了鱼，就和鱼说话，见了星星月亮，不是长吁短叹，就是咕哝咕哝的。且是连一点刚性也没有，连那些毛丫头的气都受的。爱惜东西，连个线头儿都是好的，糟踏起来，那怕值千值万的都不管了。"

乖乖，两个外来的婆子怎能对贾府二门之内发生的琐碎细事知悉得如此详尽?

试析第一段，"大雨淋的水鸡似的，他反告诉别人'下雨了，快避雨去罢。'"，分明指的是第三十回，宝玉在蔷薇花架下遇见龄官事。当时因大雨中花叶繁茂，宝玉上下俱被枝叶遮住，加之他脸面俊秀，故龄官并未认出，反把他也当成了女孩儿，叫着"姐姐"。

难道是事后龄官细一思量，忽然悟了那就是宝玉?

按，龄官之容貌、性情皆似黛玉，在十二官里，是个特殊的女儿。但她毕竟身处梨园，沾染了庸俗情态，更因世态凉薄、世情扭曲，社会最底层者往往对侮辱损害不以为然，对来自真正的"人"的真正关怀反因完全绝缘而并无体味；故她后来将此事当作笑话说与人听（最有可能的倾听对象是她的直属上司兼地下男友贾蔷），也是有的。

设若此事并非龄官说出去的，那么细忖婆子的话，再回想当日的现场，就更蹊跷得让人背后起一身冷汗。按书中形容，那日“满耳蝉声，静无人语”，后又落下一阵雨来，蔷薇花架下就只宝玉、龄官在场。那么这里的“前一回来，听见他家里许多人抱怨”，那抱怨的“许多人”，又是谁？他们究竟又是从哪里听说的呢？

这就极费思量了。难道当宝、龄雨中对话时，还有婆子或丫鬟于身边潜过，只是他们都未察觉到而已？如若属实，那么此笔看似淡彩，实为重笔中的一笔浓墨！因为它从一个看似微不足道的侧面极深刻地证实了大观园“耳目口舌眈眈”之状，实在是极高明的“以小见大”。

由此我联想到刘心武先生对“忠顺王如何知道蒋玉菡的汗巾子到了宝玉腰间”的细致考证。刘先生认为，曹雪芹一笔代过的当日宴席上“许多唱曲的小厮”里，或许就有忠顺王府的探子。

看来，无论是府里抑或府外，到处都张着无形的宏罗密网。而且它并非是单向的，而是你探我，我也来探你，最后各人逐层逐级上报天听——螳螂捕蝉，黄雀在后。最后握杆一网打尽的那个，就是皇上。

或许读者觉得我的解析是过于夸张了。其实，在端木蕻良的小说《曹雪芹》里就有这样一段根据清代笔记改编的，绘声绘色的描写：

> 状元郎王方锦，也在随班上朝。
>
> 向他道：“除夕晚上，曾作何消遣？”
>
> 王方锦慌怵回奏皇上：“昨晚守岁，与家人欢聚一堂，曾打雀牌一局，因为丢了一张叶子，一时找它不到，一笑而罢。”
>
> 皇上听了，点头称赞道：“不欺暗室，真个状元郎！”说着

便从袖中取出一个纸包儿，扔了过来。太监拾起，连忙递到王方锦手中。

状元王方锦接过纸包打开一看，正是昨天丢失的那张“九筒”，便惶惑地连连叩头，口呼“万岁!”不止。他把牌带回家中，告诫家人，把它奉为传家之宝。之后，使摇笔作颂圣诗一首：

殿对曾颁九筒钱，
慈航一叶渡生全。
祥云总护忠贞眷，
常念暗室有青天。

经过这些事后，王公大臣们都各自捏着一把汗！人人惊叹，个个慌恐。叹的是，皇上确实能够明察秋毫；恐的是，不知什么时候，大祸落到自己脑袋上。从此，东西快班也就忙碌起来，缇骑的马蹄钉声，在长街永巷中，经常响起个不停。①

这段描写并非端木先生的杜撰，而是根据清代笔记《啸亭杂录》上的一段记载改编的。

据考，密折制度自康熙时就已成蔚然大观。雪芹祖父曹寅就是康熙安插在江南的密探，经常秘密上报江南文人的思想动态。而到雍正年间，密探更是无处不在。正史、笔记中有关这个隐秘体系的记载是惊人的。

雍正在雍王府当皇子时，就曾结纳一批大臣，还有些市井

① 《曹雪芹》上卷，北京出版社1980年出版，118页。

豪徒，通过看不见的线儿和他牵着。有的还和他见过面。他觑着群臣，想分辨出：哪几个情投意合，哪几个在结党营私，哪几个在心下不平，哪几个想借机逢迎……他在心中默记着……皇上刚刚登上宝座，使命各省把区域、人丁、物产、雨雪、丰歉……都一一造册呈览；看过之后，还另着耳目去核实。①

历经世变的老人们，如贾母，自然完全察得着这张密网的阴影；年轻的孩子们，则须随着对人事的逐渐洞察，才能慢慢有些惊惧的发现。

发生在贾府二门之内，女孩子伊甸园的生活细节，却连外来的婆子也知晓得如此详细。曹公每一笔都带出了身边隐伏的众夫之口、众人之目。真是看似毫不经意，却暗伏着无数机括。试问非过来人，谁能写得出这一幕？这其中的潜意义又何其丰富也！

婆子的一番话，珠玉琳琅。除去以上的家长里短，她们还知道“宝玉时常没人在跟前，就自哭自笑的，看见燕子，就和燕子说话，河里看见了鱼，就和鱼说话，见了星星月亮，不是长吁短叹，就是咕哝咕哝的”……

第三，婆子们对宝玉“爱惜东西，连个线头儿都是好的，糟踏起来，那怕值千值万的都不管了”的奚落，又似指宝玉为讨晴雯欢心，把自己的扇子让她撕坏的事？这就更可察见王夫人后来说的“我虽不去怡红院，打量我就不知道”一话绝非信口开河。王夫人是贾宝玉的天，以此理推，臣子们的天皇上完全可以这样说：我虽不去大臣府邸，但我无所不知。宝玉，只不过是无边蛛网上一只透

---

① 《曹雪芹》上卷，北京出版社 1980 年出版，111 页。

明的，无关轻重的小虫子而已。而那张网，却是整个的集权体制。

婆子一番对话，把一切隐伏未兆的东西都挑明在阳光底下了。我辈读者最当从此等细处来认取曹公的无限苦心。而况婆子对话所涉多系三十回前后密集之事，对考证这一段内容具体的文本写作者而言，也是一个颇值得深入推敲的命题。

曹雪芹是唯一作者吗？

关于《红楼梦》的作者是否是曹雪芹的争论一直难以定论，我倒以为，宝玉、石头、作者三者之间既有千丝万缕联系，又各司其职，不可一概混淆。

《红楼梦》原名《石头记》。为什么？

第一回说得明白："列位看官，你道此书从何而来？……因有个空空道人访道求仙，忽从这大荒山无稽崖青埂峰下经过，忽见一大块石上字迹分明，编述历历。空空道人乃从头一看，原来就是无材补天，幻形入世，蒙茫茫大士、渺渺真人携入红尘，历尽离合悲欢炎凉世态的一段故事……"

尔后，"出则既明，且看石上是何故事。按那石上书云：当日地陷东南，这东南一隅有处曰姑苏。有城曰阊门者，最是红尘中一二等富贵风流之地……"

一部《石头记》，即《红楼梦》由此展开。全书都用第三人称口吻，宝玉自是第一主人公。可偶尔却又跳出框外，以"石头"自己的口吻作一些点评。这是怎么回事呢？我看到在第五回"游幻境指迷十二钗，饮仙醪曲演红楼梦”中，警幻仙姑命舞女将新制红楼梦十二支演上来，说“若非个中人，不知其中之妙”。针对这一段，脂砚评道：“（个中人）三字要紧。不知谁是个中人，宝玉即个中人乎？然则石头亦个中人乎？作者亦系个中人乎？观者亦个中人乎？”——由是可见，宝玉、石头、作者三者之间既有千丝万缕联系，又各司其职，不可一概混淆。

通读全书及脂批多遍后，我以为，宝玉，他前身是神瑛侍者，落于凡尘，则为贾政之子（周汝昌先生认为，神瑛系指甄宝玉）；“石头”，则是女娲弃在大荒山青埂峰下那块“无材补天，幻形入世”，蒙茫茫大士携入红尘“安身乐业”，历尽离合悲欢炎凉世态的灵石，宝玉脖子上的“宝玉”。过了几世几劫重回青埂峰下时，“石头”“字迹分明，编述历历”，叙述的又正是作者“身前身后”的家世。这下子问题也来了，那“石头”到底是曹雪芹的父亲曹頫，是“叔辈某人”（裕瑞《枣窗闲笔》），还是也包括雪芹呢？“作者”又指谁？恐怕这就要涉及雪芹生年及曹家短暂中兴的具体时间问题了。

鲁迅先生在《中国小说史略》中说：“曹雪芹实生于荣华，终于苓落，半生经历，绝似‘石头’……”但显然书里一些富于高度历史真实性的事件以雪芹之龄是不可能遭逢的，需听取长辈的叙述。脂砚在这里将宝玉、石头、作者分别得如此清楚，那“石头”就似更以雪芹长辈如曹頫（或叔辈）成分为多、视角为主了。

观《红楼梦引子》歌曲第一句就是“开辟鸿蒙，谁为情种？”甲戌脂批说：“非作者为谁？余又曰，亦非作者，乃石头耳。”这里脂砚又玩了个文字游戏，让人真假难辨。真所谓“一日卖了三千假，三日卖不出一个真”。我想，我辈读者应当体会著者在具体情境下的良苦用心，只视“作者”为“大作者”，“石头”为“大石头”好了。恐怕只有将他们的审美视角当做那个年代普天下一切家世、交游、经历相似者的共同心曲，方能攫取《红楼梦》的神髓。

红玉的人缘

宝玉的丫鬟中有一个叫红玉的，可谓“众皆恶之，必察焉”——由此可见红玉的人缘还真是糟糕透顶。

在宝玉房中，有个不得志的丫鬟，叫林红玉。怪就怪在她的出身比一般丫头要强太多了，她是大管家林之孝的女儿。可在怡红院，她却混得相当惨。她的人缘也坏极了。

在《红楼梦》第二十七回“滴翠亭杨妃戏彩蝶，埋香冢飞燕泣残红”中，凤姐逮住她派了个差使。红玉“听说撤身去了，回来只见凤姐不在这山坡子上了。因见司棋从山洞里出来，站着系裙子，便赶上来问道：‘姐姐，不知道二奶奶往那里去了？’司棋道：‘没理论。’红玉听了，抽身又往四下里一看，只见那边探春宝钗在池边看鱼。红玉上来陪笑问道：‘姑娘们可知道二奶奶那去了？’探春道：‘往你大奶奶院里找去。’”

请注意：当红玉看见司棋时，是“赶上来”的，足见其诚恳姿态。但司棋只答了三个字“没理论”。虽一字未写其表情、语调，但此三字已使司棋之冷淡神态（很可能同时眼睛还望着别处）跃然纸上。司棋是个比较凶的大丫鬟，或者还可理解；而随后红玉看见探春的“上来陪笑”，已活脱脱一副谦卑模样；奇怪的是活泼开朗的探春用来打发她的回答竟也没一丝言笑的枝蔓，字里行间还隐隐透着主子的不耐与冷漠。

更难堪者在后面。当红玉完成王熙凤交予的任务，回到怡红院后，得理不饶人的丫鬟晴雯等随即对她的偷懒展开赤裸裸的轮番责骂，重点除了指责她偷懒，还一针见血地点出她一直想“攀高枝”。更奇怪的是与晴雯等同来的还有不少其他房的大丫鬟如紫鹃、待书者，皆是有好口碑的善良人。而她们听到晴雯、绮霰骂红玉，竟也全无表态，“大家分路走开”。

“众皆恶之，必察焉”——可见红玉的人缘还真是糟糕透顶。这么个精明人，又是林之孝大管家之女（也许这个身份是曹公后添的），无论奴才里的中高层还是熟识她的主子，对其和颜悦色者都实在是寥寥无几。难怪她讲出“千里搭长棚，没有不散的筵席”这样振聋发聩的警句，更难怪她一心要出了园子找好归宿去。

或许这个艺术原型的人品确实有些问题。她如此精明，当不会如赵姨娘那样“倒三不着两”，倒很可能由于过分投机、精明，走向了反面。

而就在红玉精彩地完成了凤姐交与的任务，主仆皆欢后，脂批也莫名其妙地加泼了一盆怒水：“奸邪婢岂是怡红应答者，故即逐之……”迫不及待要把此婢清理出怡红院的下人队伍。我想脂砚此种心理，真实体现了从富贵跌到底层者心里的酸味儿。红玉这种平日就擅长眉高眼低的奴婢，大多会于主子落难之际迅即远去另攀高枝，更甚者如鲁迅先生笔下的“二丑”，还会趁机落井下石。脂砚的愤怒，正反映了破落地主阶层的心理逻辑。

不过，在“己卯冬夜”脂砚的愤怒指责后，意外地另有一条畸笏叟的批语：“此系未见狱神庙事，故有此批。丁亥夏。”

雪芹笔下，个个都是立体的“人”。当我们读到畸笏点滴透露的八十回后狱神庙里，红玉与贾芸这对投机主义者对贾家实施的义举时，情绪会峰回路转，变得肃然起敬。我想这就是曹雪芹高于脂砚所在，它体现了人心最值得珍重的灵犀。

鸳鸯的义气

《红楼梦》里的丫头，论辈份、资历、人品，头一个要好的鸳鸯。鸳鸯的义气实在可嘉。

红玉的人缘差，与此形成鲜明对比的是贾母的大丫头鸳鸯，走到哪里都被斯抬斯敬。她在人品上确实值得敬佩。在第四十回“史太君两宴大观园，金鸳鸯三宣牙牌令”，贾母坐在画舫上，因见岸上清厦旷朗，得知是薛宝钗的屋子，就进去浏览了一番，并借题发挥，表达了对宝钗的不满。

> 她摇头说：“使不得。虽然他省事，倘或来一个亲戚，看着不像，二则年轻的姑娘们，房里这样素净，也忌讳。我们这老婆子，越发该住马圈去了。你们听那些书上戏上说的小姐们的绣房，精致的还了得呢。他们姊妹们虽不敢比那些小姐们，也不要很离了格儿。有现成的东西，为什么不摆？……”说着叫过鸳鸯来，亲吩咐道：“你把那石头盆景儿和那架纱桌屏，还有个墨烟冻石鼎，这三样摆在这案上就够了。再把那水墨字

画白绫帐子拿来，把这帐子也换了。”鸳鸯答应着，笑道：“这些东西都搁在东楼上的不知那个箱子里，还得慢慢找去，明儿再拿去也罢了。”

一向和气欢笑的贾母，此时语气是何等厉害，恐怕人人都揣摩得出其背后文章。此段妙就妙在无一字写宝钗母女之反应，也无一笔涉及众人反应。是于无文字中大有文章可做也。我们可以想见当事人宝钗母女早已满面讪讪，默不作声，而其他人也不由都愣住了，没法接茬。所以鸳鸯的这个“笑道”，笑得实在是好，就是为的要圆一圆有些僵住了的场。当然，达到了深层目的后，贾母也就不再一味为难下去，又坐了一回，便胜利而去了。而宝钗母女接下来还得强颜欢笑做无事状陪伴而行，个中滋味，唯细读者方可想见。若无鸳鸯义气解困，还不知怎么着呢！

在第七十一回里，尤氏为奉承老太太，笑道：“老太太也太想的到，实在我们年轻力壮的人捆上十个也赶不上。”李纨道：“凤丫头仗着鬼聪明儿，还离脚踪儿不远。咱们是不能的了。”鸳鸯道：“罢哟，还提凤丫头虎丫头呢，他也可怜见儿的。虽然这几年没有在老太太，太太跟前有个错缝儿，暗里也不知得罪了多少人。总而言之，为人是难作的……”

读这一段，尤可对照得见李纨之阴柔与鸳鸯之仗义。对宁府媳妇凤姐来管理荣国府，身为贾政大儿媳的李纨心底是相当不满的，话里话外总是机锋不绝。而鸳鸯，又是素与凤姐亲好的，在这个时候她挺身而出巧妙地维护了凤丫头。因为人言可畏，正体现在这些润物无声处！鸳鸯的义气实在可嘉！

少作孽

贾府的生活向来纸醉金迷，奢华得很。想那贾母所穿的一斗珠的褂子，是用未出生小羊的胎毛制的。倘若刘姥姥得见，怕又要念数声“阿弥陀佛”了。

宝玉在女儿们面前，最是个做小伏低的，有时候很没原则。比如在第三十一回“撕扇子作千金一笑，因麒麟伏白首双星”里，宝玉白天和晴雯怄了气，晚上过去和好。“晴雯笑道：‘既这么说，你就拿了扇子来我撕。我最喜欢撕的。’宝玉听了，便笑着递与他。晴雯果然接过来，嗤的一声，撕了两半，接着嗤嗤又听几声。宝玉在旁笑着说：‘响的好，再撕响些！’正说着，只见麝月走过来，笑道：‘少作些孽罢。’”

据脂批透露，麝月是个伴随宝玉始终的丫鬟。她抽的花名签“开到荼蘼花事了”，也证实了这一点。这个女孩子不像晴雯那样张扬跳脱言语犀利，是个温和解意的大丫鬟。在性格上她与袭人相像，只是没有袭人的野心。她对宝玉、晴雯的劝解很中题，可在场者只顾眼前痛快，哪里听得进去？反而把她的扇子也夺过来撕掉了。

这里再反举一例，想那贾母所穿的一斗珠的褂子，是用未出生小羊的胎毛制的。倘若刘姥姥得见，怕又要念数声“阿弥陀佛”了。

奢侈无节制的生活，早晚会遭到报应。据脂批透露，八十回后，贾府被抄家，家境一败涂地，富贵公子贾宝玉最后落得个“寒冬噎酸齑，雪夜围破毡”的结局。这种深刻鲜明的前后对比，正是点出了“少作孽”三字的真正含义。

高鹗的“抱团”精神

后四十回里贯穿着一种偏偏于困苦中流露出的“抱团”精神，种种动人描写倒把我感动了，乃至时时感觉到一种温暖的情绪，这倒是读花团锦簇的前八十回时少有过的体验。

张爱玲认为，高鹗续的《红楼梦》后四十回，“一无生命，二无感情”。读后心中顿生“枯寒”的感觉。周汝昌与之看法相同，并用诗作了呼应：“枯即无生寒似灰，可嗟无电岂成雷。深衷醇味风和韵，再读曹郎八十回。”前首诗中“早辨名貂联狗尾”，指的就是张爱玲对后四十回的否定。

的确，首先从境界上入手，后四十回就与前八十回大为不同。我有个直感，仿佛从陈设清华的锦室直接进入了绳床瓦灶的陋屋。总体而言，对后四十回的阅读体验是：艺术氛围从虚入实，由空灵而粘滞。贾府的天地小了，围墙矮了，峥嵘轩敞的大家气象降为平俗庸凡的中等人家状。

可这里面却贯穿着一种偏偏于困苦中流露出的“抱团”精神，种种动人描写倒把我感动了，乃至时时感觉到一种温暖的情绪，这倒是读花团锦簇的前八十回时很少有过的体验。

我想这种描写，必定与高鹗自身的经历有关：第一，他自幼成长其间的家庭规模较小，成员间关系紧凑，容易培养起个体感情；第二，他是“纯”满人，不像雪芹有南省生活痕迹。我认为北方地区自古以来部落林立，经济落后，征战不断，必须向内抱团才有存活的希望。满族这个民族从苦寒之地艰难起家，在长期争战里养成了尊敬“老家儿”，讲礼数，特重血亲的传统。这种生活哲学不只是满族这一个北方民族的特征，但随着清代三百多年的统治，逐渐影响了整个北方地区。

就在一连串家变里，几乎贾府每个人都务实起来，发挥作用了。就如贾琏这样的公子哥也如是。他们不再彼此游离，而是齐心对外，同心同德。此即我所说的“温暖”之意。

譬如贾家被抄后，“护官符”上的四家同气连枝，日子都不好过。接着贾母病死，夏金桂凶死，薛蟠被押入死牢，贾赦贾珍流放边远之地，贾政又发引长行。在这样糟糕的时候，偏宝玉还时常病得神智昏聩。这时以宝钗、王夫人为首的妇道人家站出来扛起了家庭重担。她们带领几个不离不弃的丫鬟，细细商量，决断大事，并肩应对。贾琏也四处奔走，再无心去偷鸡摸狗。

在贾环等勾结邢夫人把巧姐卖给外藩做妾一事上，尤可见这种上下齐心的气象。平儿、王夫人、宝钗等闺阁女流在刘姥姥的仗义协助下，于间不容发的紧索中保护了巧姐。这段描写确是挺感人的。

甚至典型的坏人贾赦，在遭遇了流放、老病后，似也不那么令人厌恶了。末尾有段于平实中透着舒心的描写：贾琏听到贾赦病危，赶到流放地见了他一面，父子痛哭了一场，“贾赦渐渐地好起来”。这倒是辛酸里大见温暖的写实。

当然，有清一朝，文字狱极盛，官府往打牲乌拉这样的极寒之地流放了大量犯人，绝大多数都骨埋他乡，绝无贾赦这般好运道。这是高鹗的美化处理无疑。不过，论及那些有幸生还者，如赖纳兰性德之力回还故乡的诗人吴兆骞，又如长篇评弹《再生缘》作者陈端生的夫君，想他们重返故里，与亲人晤面时抱头痛哭的动人场景，也着实令人百感交集，觉得高鹗在这方面写得很动人。

在心理体验上，往往人在遭遇了巨大的痛苦折磨后，如能好好地哭上一场，反而会“一痛决绝，神魂归一”，郁结散去，慢慢地好起来。高鹗笔下的贾宝玉是这样，贾赦也如此。不知怎的，贾赦父子见面的这段平淡无奇的描写竟令我执卷良久。

这种“抱团”精神，不一定是高鹗精心设计出的桥段，反而无心插柳，让我们窥见了三百年前北京满族市井生活的一个侧面。

“十全少女”宝琴

曹公是安排了一个锁钥式，或说机括式的人物，那就薛宝琴。在丢失的八十回后，宝琴恐会派上大用场。很可能她是许多重要事件的见证人，甚至是参与者之一。

薛宝琴，薛宝钗的堂妹，是在《红楼梦》第四十九回突然冒出的一个德才貌兼备的十全少女。凡人事沾上“十全十美”，似乎总有些不真实。可探春给了她无上的评价：“据我看，连他姐姐并这些人总不及他。”读者看到这里，恐怕会和袭人一样感到诧异：“这也奇了，还能从那里再好的去呢?”

老太太一见宝琴，竟喜得无可不可，逼着王夫人认了干女儿。在后面，曹公还借宝琴之眼，细细描述了贾家除夕祭宗祠的隆重场面。

为什么要安排宝琴这样一个角色？历来众说纷纭。依我之见，曹公是安排了一个锁钥式，或说机括式的人物。在丢失的八十回后，宝琴恐会派上大用场。很可能她是许多重要事件的见证人（就像她是贾府祭宗祠的见证人一样），甚至是参与者之一。

在第五十回，邢岫烟、李纹、薛宝琴三个初到贾府的女孩子依“红梅花“序咏梅时，就数宝琴那首最受推重：

咏红梅花得“花”字

疏是枝条艳是花，春妆儿女竞奢华。
闲庭曲槛无余雪，流水空山有落霞。
幽梦冷随红袖笛，游仙香泛绛河槎。
前身定是瑶台种，无复相疑色相差。

细细读来，“闲庭曲槛无余雪，流水空山有落霞”莫非是咏薛宝钗、史湘云二人？“雪”自指宝钗，“霞”即湘云（史家旧有“枕霞阁”，故在诗歌落款上湘云即题“霞”）。“幽梦冷随红袖笛，游仙香泛绛河槎。前身定是瑶台种，无复相疑色相差”两联，则鲜明地体现出一种神仙型的浪漫主义，或许寓意着一干人红尘历劫后重被度回灵河岸边，那个天上茫茫世界后幽眇孤寂的生活经历。

通观全书，尤以此首诗歌以及宝琴后来所做“岛国朱红梦……汉南春历历”之诗，并及包含无数谜题的新编怀古诗十首，以及她见证贾府祭祀之事，可证明宝琴为全书一锁钥式人物，大关节也。

“乃知繁华富贵，过去便堪入画，当年正不足观。”明亡后，文人张岱这样抒发沉甸甸啮骨入心的故国之思。这话也可作一切悲凉深厚故园之思的笺注。想那贾府祭祀是何等隆重之事，却偏偏借外人宝琴色色新鲜的视角来细看详记，其中倾吐的，却正是曹家人悲凉凄怆，哀慕低回的满腹块垒吧。

薛小妹的十个谜团

“不在梅边在柳边”，此句点明宝琴没有嫁入梅家。而刘心武先生考证，宝琴最终是与柳湘莲结为伴侣，行路急急，与过去一刀两断，流落天涯。

清末大某山民评第五十一回“薛小妹新编怀古诗，胡庸医乱用虎狼药”中这样说道：“怀古诗谜，人有猜之者矣。予未敢深信。”这里薛小妹说的是薛宝琴——这一回写道：“众人闻得宝琴将素习所经过各省内的古迹为题，作了十首怀古绝句，内隐十物，皆说这自然新巧。都争着看时，只见写道是：

赤壁怀古其一

赤壁沉埋水不流，徒留名姓载空舟。
喧阗一炬悲风冷，无限英魂在内游。

交趾怀古其二

铜铸金镛振纪纲，声传海外播戎羌。
马援自是功劳大，铁笛无烦说子房。

钟山怀古其三

名利何曾伴汝身，无端被诏出凡尘。
牵连大抵难休绝，莫怨他人嘲笑频。

淮阴怀古其四

壮士须防恶犬欺，三齐位定盖棺时。
寄言世俗休轻鄙，一饭之恩死也知。

广陵怀古其五

蝉噪鸦栖转眼过，隋堤风景近如何。
只缘占得风流号，惹得纷纷口舌多。

桃叶渡怀古其六

衰草闲花映浅池，桃枝桃叶总分离。
六朝梁栋多如许，小照空悬壁上题。

青冢怀古其七

黑水茫茫咽不流，冰弦拨尽曲中愁。
汉家制度诚堪叹，樗栎应惭万古羞。

马嵬怀古其八

寂寞脂痕渍汗光，温柔一旦付东洋。
只因遗得风流迹，此日衣衾尚有香。

蒲东寺怀古其九

小红骨贱最身轻，私掖偷携强撮成。
虽被夫人时吊起，已经勾引彼同行。

梅花观怀古其十

不在梅边在柳边，个中谁拾画婵娟。
团圆莫忆春香到，一别西风又一年。

依拙见，此十首诗出自宝琴这个锁钥式关节人物之手，恰从整体与细节两个方面同时还原了“千红一窟，万艳同悲”的全过程。

第一首是综括，系悲悼历历埋没于闺阁的女儿们；第二首暗喻八十回后朝廷有战事，第七十八回贾政命宝玉等挽女英雄林四娘，似即喻此迫在眉睫之国事；第三首写贾政被罢官；第四首写贾家被贾雨村之流落井下石，而刘姥姥等却仗义相救，一如当年漂母对韩信的一饭之恩；第五首写贾珍的风流事惹来外界纷纷口舌，所谓“不肖皆从宁”也，为抄家埋下火种；第六首写贾家败亡，时黛玉已死，闺中衰草闲花空照，分离之命运不可避免；第七首写探春和亲；第八首写元春之死正如杨妃之死，是神秘的军中凶死并埋骨荒野；第九首似写红玉与贾芸之结合是大胆打破封建藩篱的自由之举；第十首如刘心武先生考证的，系落于宝琴自身的命运上。“不在梅边在柳边”，她没有嫁入梅家，而最终与柳湘莲结为伴侣，行路急急，与过去一刀两断，流落天涯。

又按：第五首之“只缘占得风流号，惹得纷纷口舌多”句，似还含为隋炀帝略报不平之意。巧的是书中也有个这样的人物——赵姨娘。平儿指出，那赵姨娘平日有些“倒三不着两的”，出了事后，下人们都往她身上推——此又与《论语·子张》篇第十九，子贡曰：“纣之不善，不如是之甚也。是以天下君子恶居下流，天下之恶皆归焉。”实在是同一个意思，都反映了人性里“墙倒众人推”的黑暗一面。

好云香护采芹人

要点更在“好云香护”数字，是否暗指彼时“湘云”曾伴石头读书？那光晕里是“金尽裘敝，糊口四方”的终极悲凉；却也映亮了茅椽蓬牖中，瓦灶绳床边，一盏微弱油灯照着的两鬓成霜，呵笔著述的患难夫妇。他们共同守护着伟大的精神伊甸园——大观园。

在第十七回至十八回“大观园试才题对额，荣国府归省庆元宵”里，当一众人等逛至稻香村时，贾政命宝玉再题一联：“‘若不通，一并打嘴！’宝玉只得念道：‘新涨绿添浣葛处，好云香护采芹人。’”

因何这里不避忌讳，出现了作家自己的名号“芹”呢？

对联中，“浣葛”和“采芹”都是用的《诗经》典。“浣葛”典出《诗经·周南·葛覃》，《诗序》指出此诗乃“颂后妃之德”，暗合元妃省亲之意。而“采芹”典出《诗经·鲁颂·泮水》“思乐泮水，薄采其芹”。泮水即鲁国学宫泮宫之水。古人把考中秀才入学的人称为生员，叫做“入泮”或“采芹”。周汝昌先生在《红楼别样红》中提出疑问："那联'新涨绿添浣葛处'用《诗经》之典切后妃，确实'应制'了——可是下句'好云香护采芹人'是科名中举的典故了，难道后妃生了皇子，不去做太子，还需要去应'乡试'考'举人'吗？岂非笑谈。这都是怎么回事？皆久困惑而无以为答者也。"

我认为，如果从另一个角度将下联重新分析，是不是可以有这样的解读：贾政是一直希望宝玉能蟾宫折桂，从科举仕进的。吴世昌先生也指出："曹寅既因系康熙亲信，才能世袭织造，而此后情势大异，如欲再兴家业，只有希望雪芹从举业的正途出身。"故在曹家被抄，举家北上的时期，雪芹是否曾被长辈逼着苦读过四书五经，操练过八股文章？莫非此即他将自己名号"芹"与科名中举的典故糅合在一起的缘故？

台湾作家高阳先生写过《曹雪芹别传》。他认为曹家是于雍正六年元宵前后，"曹𫖯革职抄家，举家回旗。由于平郡王福彭及怡亲王胤祥的照顾，不再有什么罪过；而且'百足之虫，死而不僵'，劫余的遗财，也还能维持一个相当水准的生活。曹雪芹是包衣子弟，被选拔到新设的'咸安宫宫学'去念书……乾隆十五年庚午乡试，曹雪芹捐了个监生下场。"若以高阳先生一家之言切入，倒正应了联中"入泮"、"采芹"之意。

我还有一种想法。元春将"浣葛山庄"改为"稻香村"，而稻香村日后正是李纨住所。这"浣葛"之典，亦可能暗指李纨之子贾兰日后中举事。在第十七十八回"大观园试才题对额，荣国府归省庆元宵"里，于元春将"浣葛山庄"改名"稻香村"描写下，紧接着"命以琼酥金脍等物，赐与宝玉并贾兰"。特提一笔贾兰，绝非无缘由的。而且脂批亦云："百忙中点出贾兰。"

要点更在“好云香护”数字，是否暗指彼时“湘云”曾伴石头读书？脂批对此联批注：“采风采雅都恰当，然冠冕中又不失香奁格调。”前一句就指用《诗经》典；而后一句的“香奁格调”，明显与身边女性相关。故我颇疑在早本里史湘云原名“史香云”。“好云香护采芹人”一句，说的就是她的生活原型与曹雪芹之间的密切关系。

甲戌本脂批曾说“雪芹旧有《风月宝鉴》之书”。与贾瑞死于王熙凤毒设的相思局一样，第九回“恋风流情友入家塾，起嫌疑顽童闹学堂”可能也全照搬自那本警戒世人杜绝淫荡之心的《风月宝鉴》。那么同理，柳湘莲的生活原型，或许就为第九回的“香怜”，那个不争气的被薛蟠骗上手的小学生了。因在第四十七回，宝玉问柳湘莲可到秦钟坟上去了，清贫的湘莲非但去了，还弄钱雇人收拾好了他的坟，而且连十月初一上坟的花消都专门留出，打点好了。

秦钟是秦可卿没有血缘关系的弟弟，家境寒微，因与宝玉交好才得入贾家家塾读书。在第九回“恋风流情友入家塾，起嫌疑顽童闹学堂”里，大闹的起因就是秦钟与香怜挤眉弄眼暧昧不清。此种暧昧状况正是当时学中乃至社会男风盛行的真实写照。然而秦钟这个“情种”、风流人物在第十六回就被曹雪芹草草地写到阴曹地府去了。不期在第四十七回宝玉和柳湘莲的对话中又突然现身。故脂砚评道：“忽提此人，使我堕泪。近几回不见提此人，自谓不表矣，乃忽于此处柳湘莲提及，所谓方以类聚，物以群分也。”

柳湘莲又是第四十七回才出现的人物，“世家子弟，读书不成”，却不但与宝玉十分亲厚，而且和赖尚荣也交好，更奇怪的是他还认识早夭的秦钟，且情意非同寻常，方以类聚，物以群分，甚至比宝玉更上心（宝玉也不过派茗烟拿了些莲蓬到坟上供了而已），说明他们的交情早在少年时期就产生了。推算起来，这正是早年闹私塾的那段岁月。柳湘莲既是世家子弟，那么早年能进入贾府家塾读书，也是有的。

考虑到《红楼梦》"批阅十载，增删五次"的漫长创作历程，前后偶有不搭或根本就是作家顺势在云龙雾雨、背面傅粉，柳湘莲雏形即"香怜"的可能性就极大。脂砚评他们"方以类聚，物以群分"，故早年间他在贾家家塾搭伙读书时与宝玉、秦钟结下深厚情谊，也就说得通了（当然和薛蟠那段不堪是须尽蠲去的）。

最要紧在作家既推翻《风月宝鉴》重新来过，审美境界与思想倾向都脱胎换骨，进入一处大格局，上了一个大台阶，则人物不但面貌大变，连名字也换了大境界，水云缥缈起来。进入创作成熟期之作家，利用"香怜"这个早本里可有可无的壳子，结合平生所闻所识，塑造出一个颇具奇情侠气之新人"柳湘莲"来，也是大有可能的。

又关键在此种情思，尤可见雪芹"师楚"之意。而名号中含"湘"之男女，又不约而同皆为深具奇情侠气之辈。足见雪芹对潇湘之地楚文化一脉浪漫主义与神话故事源头无限神往崇敬的心意。

落回香云——湘云上。据考在第三十二回，湘云确也劝过宝玉："如今大了，你就不愿读书去考举人进士的，也该常常的会会这些为官作宰的朋友，谈谈讲讲仕途经济的学问。"俗是俗了点，却是真实的生活考虑。湘云是半属于柴米油盐的女子。而在烈火烹油、鲜花着锦的瞬息繁华时节，宝玉吟出"好云香护采芹人"，莫非正遥应天翻地覆后湘云伴自己读书，最终于"寒冬噎酸齑，雪夜围破毡"之艰难困苦中，二人相互扶持，共同创作的动人情景？譬如我颇疑第四十四回"变生不测凤姐泼醋，喜出望外平儿理妆"中宝玉在平儿理妆前后的一番熟练操作，很可能出于女性手笔，是后者自身日常之所劳。甚至是曹公求身边人代写的，亦未可知呢！

或因有这个思路为接引，故每每读到此回于家族鼎盛之际，宝玉在花柳繁华之地以少年心性随口吟咏的清词丽句“好云香护采芹人”，我总觉他的身后笼罩着一团极暖，极柔，亦极动人的光晕。那光晕里是“金尽裘敝，糊口四方”的终极悲凉；却也映亮了茅椽蓬牖中，瓦灶绳床边，一盏微弱油灯照着的两鬓成霜，并肩而坐，呵笔著述的患难夫妇。他们共同守护着伟大的精神伊甸园——大观园。

秦可卿姐弟，泥沼中的莲花

宝玉就是安徒生笔下的爱丽莎。他的人性光辉，最终升华了在自己心上占据重要位置的秦钟、秦可卿。曹公带着爱意的魔棒轻轻一点，使这姊弟二人不无污点的生命停留在诗意盎然的文学枝头，永远盛开艳丽的花。

秦钟是秦可卿没有血缘关系的弟弟，谐音“情种”。“开辟鸿蒙，谁为情种?”——警幻仙姑为宝玉演的《红楼梦》曲子词，头一句就是这个。“情”，可是《红楼梦》的大题目。

护花主人曾云：“秦者情也，命名取式，俱有深意。”偏他的姐姐秦可卿，谐音又是“情可轻”。姊弟两个都美得不得了，却都非宝玉那般“情而不淫”。但这两人无疑又都是宝玉生命历程里的重要人物。护花主人曾评：“文章有暗写有明写。不便明写者，当暗写。宝玉于秦氏房中梦教云雨是也……宝玉一生淫乱，皆从秦氏房中。”只不知“情种”这举足轻重之名号，因何落在秦钟这草草了结收场的人物头上?

《红楼梦》曲子词近结尾处，“好事终”一支，最后一句是“宿孽总因情”。冯其庸先生批道：“情，秦也。末句归结到秦。”甲戌批：“是作者具菩萨之心，秉刀斧之笔，撰成此书，一字不可更，一句不可少。”认为含政治寓意也有道理，单从“情”这个字上来重新考量秦氏姊弟，亦说得通。

第五回“游幻境指迷十二钗，饮仙醪曲演红楼梦”中，宝玉在秦可卿卧房梦游太虚幻境，可卿之姐警幻仙姑命舞女将新制红楼梦十二支演上来，第一句就是“开辟鸿蒙，谁为情种?”甲戌批：“非作者为谁？余又曰，亦非作者，乃石头耳。”这玩了个文字游戏，真假难辨。所谓“一日卖了三千假，三日卖不出一个真”。读者亦当体会著者深心，视“作者”为“大作者”，“石头”为“大石头”，把他们的视角当作普天下一切家世、交游、经历类似者的共同视角。但这“情种”二字，既为《红楼梦引子》首句，又紧随“开辟鸿蒙“（与第一回所述女娲炼石补天的洪荒背景遥相呼应），在《红楼梦》文本中，其能指就必然体现出终极意义，毕竟是沉于山岳的，为何却偏应在小秦相公名上？在创作的早期阶段，作者曾构筑了怎样一副或具象或模糊的能指关系图景?

在传世的本子里，秦钟是早早就死了。第四十七回，宝玉透露他曾派茗烟拿了十个大观园的莲蓬到坟上供秦钟；宝玉这话是说与书中另一重要人物柳湘莲的。关于宝玉、秦钟、柳湘莲间的关系，前面“香云——湘云，香怜——湘莲”专文曾作分析。这里令我感兴趣的，还是宝玉祭奠秦钟之物。

莲，在全书如“玉”“湘”一样，是极重要又极清灵飘渺的物象。黛玉是“潇湘妃子”，认为园子那片荷叶甚好，李义山诗句里她只喜“留得枯荷听雨声”一句（已暗露悲音）；黛玉之影晴雯，死后作了芙蓉花神（此处指水芙蓉，亦即莲花也——笔者注）。柳湘莲，名中既含“湘”亦有“莲”，可见八十回后柳必与家败的宝玉产生重大纠葛。而宝玉供给秦钟的这十个大观园的莲蓬，尤显得诗意盎然，除却意味着秦钟这个早夭的少年虽品行有瑕，却在宝玉生命里留下过一段情感外，还能发掘出什么更深隐的构思来呢？

无论林黛玉，还是秦可卿，她们在宝玉的成长道路中都非机械的演出工具。作者怀抱对女性的大爱，赋予她们独立的人格价值，更加上了指导男主人公人生方向的里程碑身份。这不但是那个时代的绝响，放在今天的文学创作里也是异数。

能接受善中的恶，这才是宝玉。大爱，大仁，大同情，大宽容，是贾宝玉形象最感动人心之处。这种广义的爱又不仅施与女性，甚至地位卑贱的戏子蒋玉菡（他的名字也既有玉，又有莲）亦让宝玉发出了“就是为这些人死了也是情愿的”的惊天动地之语，充分反映出宝玉的大平等观立场。

那么秦钟，他的名字，以及宝玉供他的莲蓬，这一切的能指又是什么？秦钟生性轻薄，是开于污浊中的莲花。安徒生童话《野天鹅》是我最喜爱的文字，其中一段描写在童年读来真觉诡丽奇崛，今日忽然思及，竟搞起了一段“比较文学”。比较的一方正是中国文学巨匠曹公笔下的秦钟乃至他的姐姐，引领着宝玉进入太虚幻境、男女情境，最终“淫丧天香楼”的秦可卿；另一方却是《野天鹅》里，在极纯洁美丽的小公主爱丽莎心上躺过，变成花朵的蟾蜍。

爱丽莎被巫婆后母、狠毒的王后妒忌。王后在公主的浴池里放了几只毒蟾蜍——安徒生写道：

> 她拿起三只癞蛤蟆，把每只都吻了一下，于是对第一只说：“当爱丽莎走进浴池的时候，你就坐在她的头上，好使她变得

像你一样呆笨。”她对第二只说：“请你坐在她的前额上，好使她变得像你一样丑恶，叫她的父亲认不出来她。”她对第三只低声地说：“请你躺在她的心上，好使她有一颗罪恶的心，叫她因此而感到痛苦。”她于是把这几只癞蛤蟆放进清水里；它们马上就变成了绿色。她把爱丽莎喊进来，替她脱了衣服，叫她走进水里。当她一跳进水里去的时候，头一只癞蛤蟆就坐到她的头发上，第二只就坐到她的前额上，第三只就坐到她的胸口上。可是爱丽莎一点也没有注意到这些事儿。当她一站起来的时候，水上浮漂了三朵罂粟花。如果这几只动物不是有毒的话，如果它们没有被这巫婆吻过的话，它们就会变成几朵红色的玫瑰。但是无论怎样，它们都得变成花，因为它们在她的头上和心上躺过。她是太善良、太天真了，魔力没有办法在她身上发生效力。

这段描写童年读时真觉得感动，今日重读，除了同样的感动外，还有种强烈的震撼。尤其是最后那只蟾蜍，它最可怕，因它毁灭的目标是人心。故而王后也叮嘱得阴森沉重。可是在一个“太善良、太天真”的生命心头躺过后，蟾蜍非但没能让这颗心变得邪恶，自己反升华成了花朵。虽然是罂粟，而非玫瑰。这是何等的发人深省。

曹公与安徒生，时代不同海角天涯，却都葆有大慈悲心大智慧心，故此才能写出如此感动天地永世流传的文字来。“但是无论怎样，它们都得变成花，因为它们在她的头上和心上躺过。她是太善良、太天真了，魔力没有办法在她身上发生效力。”

宝玉就是安徒生笔下的爱丽莎。他的人性光辉，最终升华了在自己心上躺过的秦钟、秦可卿。曹公带着爱意的魔棒轻轻一点，使这姊弟二人不无污点的生命停留在诗意盎然的文学枝头，永远盛开艳丽的花。

一条隐形的度世线索

碧桃就是大观园诸芳由虚入实，再由实返虚的里程碑。我永远相信，虚无缥缈的神话传说背后定有历史依据可循。而且发生在中国东南，也就是“红楼梦”发生的一等富庶繁华之地的这个仙桃故事，时间更早，在秦代。

在曹雪芹那里，细笔暗写、伏脉千里始终是一以贯之的指导思想，所以笔笔都有深意，“如常山之蛇，击首尾应，击尾首应，击腹则首尾俱应”。《红楼梦》里有一种花，每到它出现时，那场面，那意境，往往就变得如梦如幻起来——它就是碧桃花，被曹雪芹赋予了强烈的象征旨义。

天下的女儿都是花儿，在大观园，它们各有分司，又偶现交集。譬如黛玉居住的潇湘馆吧，栽了“大株梨花兼芭蕉”，而且“满地下竹影参差，苔痕浓淡”，里面有梨花、芭蕉，还有竹子。宝钗的居所名“梨香院”，探春也曾自命“蕉下客”，这就有了交集。海棠呢，则是湘云、晴雯的共同符码。

“明月梅花一梦”、“不在梅边在柳边”——许配给梅翰林公子的十全少女宝琴，雪地里站在山坡上，“身后一个丫鬟抱着一瓶红梅”……人梅相映，引发了读者无限遐思。

却唯有这静美的碧桃花是一种公共意义的象征，与大观园少女群发生了四次精神层面上的神秘交会。

曹公是将汤显祖引为同调的，他传承了后者笔下转世、还魂这些空灵的命意与境界。《红楼梦》对碧桃的抽象涉笔就远胜于具体的景物书写，而且三次都出现于曲词中，甚至两次居然都与汤显祖有关。这不能不说体现了某种有意为之的书写角度。

所以我始终有种直觉，碧桃就是大观园诸芳由虚入实，再由实返虚的里程碑。

第一朵碧桃，出现于非常重要的第五回“游幻境指迷十二钗，饮仙醪曲饮红楼梦”。当警幻仙姑命舞女们将新制《红楼梦》十二支演上来时，宝玉听见了昭示惜春勘破世情、皈依佛门结局的《虚花悟》：“将那三春看破，桃红柳绿待如何？把这韶华打灭，觅那清淡天和。说什么，天上夭桃盛，云中杏蕊多，到头来，谁把秋捱过？”

读者定会提出疑问：此曲并未出现“碧桃”！且慢，中国艺术研究院校订的庚辰本《红楼梦》对“天上夭桃盛，云中杏蕊多”作了如下细致注释：“天上夭桃，云中杏蕊：喻荣华富贵……《汉武帝内传》：七月七日西王母设天厨宴请汉武帝，以玉盘盛仙桃七颗，言此桃三千年一生实。唐代高蟾《下第后上永崇高侍郎》诗以‘天上碧桃和露种，日边红杏倚云栽’喻在朝显贵。”西王母以蟠桃请汉武帝，这是发生在中国西部昆仑山的事情，时间是西汉。

无独有偶，黄裳先生《东湖》也有云：“东湖是很有名的地方，许多到过绍兴的人都知道，这里的山水并非天然生就，而是人们有意雕琢出来的。那座山据说当年秦始皇东巡，来到这里，曾停下来喂马。在进门处码头下船，缓缓撑出去，没好久就到了名为‘仙桃洞’的地方。这是由二十几丈高的峭壁镶成的一处狭窄的洞府，水深处据说超过了五丈，黛绿色的潭水好像古代的谁在这里贮藏下的陈酒，洞的上端镌刻了石额和一副对联：‘洞五百尺不见底，桃三千年一开花。’三千年才开一次花的仙桃长在哪里呢？想来应该就在这悬崖顶上。谁能攀上去，就不但能饮到醇酒，还能吃到仙桃，并获得长生。那石壁是由笔直的大块极平整的平面组成，年深月久，一点斧凿痕都看不到了，但这确实是用简单的工具开了出来的。几千年前的先民，没有先进的工具，只凭双手和简单的铁器，开采了大量的石料，留下了这惊心动魄的痕迹。”绘声绘色，引人入胜。我始终相信，虚无缥缈的神话传说背后定有历史依据可循。而且发生在中国东南，也就是“红楼梦”发生的一等富庶繁华之地的这个“仙桃”故事，时间更早，在秦代。

夭桃、杏蕊，对应的是“天上碧桃”“日边红杏”。碧桃不结果，结实的是蟠桃。西王母宴请汉武帝的仙桃就是蟠桃。那么碧桃和蟠桃之间又有什么隐含关系呢？

在这第五回，碧桃还只是个隐于诗词典故的托喻，它种于“朱栏白石，绿树清溪”的太虚世界，著名的西王母蟠桃宴与之混为一体。在中国传统文化语境里，“王母娘娘蟠桃宴”这个符号，任谁也不会感到陌生。它的世俗能指意义实在是丰富深刻极了。在芳官演唱的《赏花时》曲词中，有意无意间，碧桃与蟠桃宴又一道捆绑着出现了，就不能不令人思索曹公何以如此用笔。

再往下，进入第十七至十八回“大观园试才题对额，荣国府归省庆元宵”：“前面又露出一所院落来，贾政笑道：‘到此可要进去歇息歇息了。’说着，一径引人绕着碧桃花，穿过一层竹篱花障编就的月洞门……”

这就是《红楼梦》的第二朵“碧桃”，是曹公唯一一次对碧桃的实物书写。

更值得注意者，当一行人绕过碧桃后，进入的那“竹篱花障编就”的月洞门，就是宝玉的怡红院。第六十三回，一群女儿即在此地上演全书中的重头戏“寿怡红群芳开夜宴”。彼日春时正盛，细心的读者当可想见，月洞门外摇曳于香风中的碧桃，在温暖的夜色里会是何等锦簇花团——然而，转瞬之后，这满树繁华就将零落净尽，“树倒猢狲散”了。

同样在第十七至十八回，紧随着贾政的巡视大观园，元妃省亲的大戏紧锣密鼓地登场了。贾府戏班献上十二个花名单子，元妃点了《豪宴》《乞巧》《仙缘》《离魂》。脂砚特别点评，这四出戏“乃通部书之大过节、大关键”。据考，《仙缘》出自汤显祖的《邯郸记・合仙》，演的是吕洞宾为何仙姑下凡度卢生上天扫花的故事。著名的“黄粱一梦”典故，根源即出在此。它与第六十三回怡红夜宴上芳官唱的《赏花时》恰是两出前后相应的《邯郸记》折子戏。

元妃听了，极喜唱小旦的龄官，命她再唱两出。容貌性情都与黛玉相类的龄官“执意”唱了自己喜欢的《相约》和《相骂》。此为明代月榭主人《钗钏记》传奇中的两折，演的是“史碧桃”与皇甫吟约为婚姻，遭遇重重阻隔的故事。——这儿又突然蹦出个更抽象的“碧桃”来了。此即第三朵红楼“碧桃”。那么这朵花儿又作何象征呢，抑或纯属巧合？

令人惊奇的是，脂批在这儿将“拿腔作势辖众恃能”的龄官骂了个狗血喷头，说她“种种可恶”，“使主人逐之不舍，责之不可，而皆不能言”，“乔酸娇妒，淋漓满纸”。似乎脂砚对几个下层女子，如小红，又如龄官，印象都很坏。其缘故可能正像其说的“与余三十年前目睹身亲之人，现形于纸上”。“然非领略过乃事，迷陷过乃情，即观此茫然嚼蜡”。看来是很吃过这样人的苦头。此处的脂砚，那种“领略、迷陷”的语气，不大像周汝昌先生说的是“史湘云”，倒似出自男儿之口，即那个“逐之不舍，责之不可”的旧日“主人”。不过接下去他更说了一段云龙雾雨之言：“《钗钏记》中，总隐后文不尽风月等文”。那么，就连《钗钏记》里史碧桃与皇甫吟约为婚姻事，也有隐喻之义吗？

按《钗钏记·相骂》一折中，史碧桃为皇甫吟与母亲发生了冲突。之后她投江、被救，最终嫁给了皇甫吟……恐怕此处这个“碧桃”，对我们研索《红楼梦》八十回后的情节发展，也是大有意义的。

随着情节的进展，曹公叙述的节奏与律动越来越步入佳境，作品的精神指向却越来越不可避免地进入无边的悲哀。时序进入花神即将退位的第六十三回“寿怡红群芳开夜宴，死金丹独艳理亲丧”。那第四朵“碧桃”即开放于这花气芬芳灿烂的一章，那是涅槃前最后的喷薄。

入夜，宝玉的丫鬟私下为他庆生，其间请来多房姑娘及少奶奶李纨，共同玩了个很重要的游戏：占花名。签子上的每种花都对应着席上某位女子，判词则暗示其命运，多是万境成空的悲剧结局。

首位摇骰者为何人？宝钗。她掣出的签上画着牡丹，注云“此为群芳之冠，随意命人”。宝钗因笑说：“芳官唱一支我们听吧。”众人都让她“拣极好的唱来”——芳官只得“细细地唱了”《邯郸记·度世》中的《赏花时》。大约这是她私淑之曲。“若迟呵，错教留恨碧桃花”。一曲末尾，“碧桃”这个符号最终出场了。

为何在诸芳云集的夜宴上，“群芳之冠”偏命芳官打头阵唱曲，而后者又偏“拣”了这样一出汤显祖笔下表现神仙度世之旨的曲子呢？在我看，这出戏，这支曲子，乃至演唱者本身，恐怕都是全书从虚入实，再从实返虚的一把门钥。

你瞧，方才还“只管拿着那签，口内颠来倒去念‘任是无情也动人’”的宝玉，为何听了此曲后既不称许也无笑谑，只“眼看着芳官不语”？莫非这造劫历世的石兄蓦然悟了？

既然已谈到《红楼梦》中的度世之旨，就让我们回过头去，再次细读第一回中僧、道的开场白。当茫茫大士谈及绛珠仙子愿同神瑛侍者下世为人，还泪与他时说道：“因此一事，就勾出多少风流冤家来，陪他们去了结此案。”那渺渺真人便说：“趁此何不你我也去下世度脱几个，岂不是一场功德？”

这段对白明确提供了一个信息：绛珠仙子（黛玉）下凡，纯系为还神瑛（宝玉）之泪，而那一干因此事勾出的“风流冤家”，即大观园诸芳，原是陪他二者去了结这段灌溉之情的，听起来很有点“陪太子读书”的味道——由此再来对应现实人间，宝钗获得的“群芳之冠”美誉，就当指“因此一事”勾出的众“风流冤家”之冠，而绛珠仙子（黛玉）自是单挑的，不归入其间。

僧人、道士的任务，和《赏花时》中的吕洞宾极相似，都是要下世把这些风流冤家再度回来。自僧、道视角俯瞰茫茫下界，大观园的离合悲欢终是场无法避免的劫难。既然渺渺红尘原本就是“邯郸”一“梦”，那么待劫数尽后，这一干人自然终须被僧、道一个个从“他乡”重“度”回“故乡”去。

在第一回，甄士隐听罢《好了歌》，自己也唱了一大段，其中有一句“反认他乡是故乡”，下面甲戌脂批“太虚幻境青埂峰一并结住”，结得真是彻底干净。看来曹公笔下的“他乡”是个哲学意义上的大概念，即人间也；“故乡”则是一种终极指向——太虚幻境青埂峰，天上也。那么，再具体点，在《邯郸记》的《度世》与《合仙》两出大戏里都出现过的，以度人为己任的道家高人吕洞宾，是否即《红楼梦》那位疯癫落脱，与僧人共同下世，度脱痴魂的渺渺真人呢？

这种解读方式当然是一家之言，有趣而已，但或许能在对不同文本的深入分析间搭建一座桥梁。毕竟，汤显祖戏曲的空灵境界，正如楚辞、唐诗、《三言二拍》、《金瓶梅》、纳兰词……对曹雪芹的影响极其深远。而且曹公祖父曹寅本就雅嗜拍曲，不但与《桃花扇》作者洪昇为莫逆之交，自己就写有多本曲词。故吴世昌先生说：“雪芹读书稍多，发现他祖父也并不是从举业正途出身，倒是一个潇洒的文人，能诗善酒，爱好戏剧词曲，收藏古书字画，所交又大都是当时的文人学者”。

考贾母在元宵宴上点的《续琵琶》，正是曹寅之作。而据吴世昌先生考证，曹雪芹原也想写一出戏曲的，后来才改主意采取了小说范式。这也是书中为什么出现了那么多曲词的创作背景。

现在我们已经清楚了，汤显祖的《邯郸记》来来回回地贯穿于《红楼梦》文本叙述中，每次出现都有隐秘的用意。

完全可以说，一出《邯郸记》，从反面预示了大观园女儿们在“千红一窟，万艳同悲”的悲剧结局后将再次会合于天上世界，由实返虚的过程。这个意思在书中出现的频率是惊人的。

故在《邯郸记》里，《度世》之后，紧接着就是《合仙》。——《红楼梦》中，芳官为女儿们唱的是《度世》，前面龄官为娘娘唱的是《合仙》。在这两个喜庆的日子单拈出这两出戏来，又分别交由两个极富命运代表性的女孩子来演唱，内涵实在已很明晰了。

芳官是小人物不假，但其言行举止颇不俗，几次奇特的改名甚至寄予了全书的大关节、大线索，可以说她身上联着多条看不见的线。

“翠凤毛翎扎帚叉，闲踏天门扫落花，抵多少门外即天涯……”由芳官“细细”清唱的《赏花时》，词句美丽，境界轻灵，描述了已升仙班的何仙姑恳求吕洞宾为己度人扫花的急切心理，因为她要参加王母娘娘的蟠桃盛宴——看，“蟠桃”来了。

若耽误了参加蟠桃盛宴，仙姑就只好去怨恨天门边落了一地的碧桃花了——“若迟呵，错教留恨碧桃花”。

此处的“碧桃”，与第五回《虚花悟》中的“夭桃”首尾呼应，不但都是“天上”的花，更同为扫花人翠凤毛翎帚叉下的一片落红。这种草蛇灰线、空谷传声、千皴万染的手法，向是曹公的拿手好戏。而且既是“扫花”，那就表明春天的大幕已在缓缓下落了。芳官唱的这支曲子，寓意实在是多元的。

而在前面元妃钦点的《合仙·仙缘》里，吕洞宾果然下了凡尘。他使落魄书生卢生做了一个金榜题名、富贵满堂的黄粱一梦，很像《西游补》里孙悟空在万境楼台的戏台下看的《孙丞相》这出戏。在《孙丞相》里，孙悟空本人不但当了宰相，还娶了美妻，生的五个儿子都是状元，却终是个多维世界中的大梦。可谓“以镜照人，以镜照镜”！

卢生醒后才发现店家的黄粱饭还没有炊熟。于是他“悟”了，跟着吕洞宾上天，为何仙姑工作去了。

“群芳之冠”宝钗单命芳官来唱《度世·赏花时》，不但是曹公要昭示在座女子神秘的前世与宿命，更以“赏花时”这曲牌名与占花名相对应，进一步揭示她们与卢生一样黄粱一梦的大结局。在这个意义上，芳官倒真正成为了与宴诸芳的先行官。再者，王实甫《西厢记》里，崔莺莺唱的第一支曲竟也叫《赏花时》：“可正是人值残春蒲郡东，门掩重关萧寺中——花落水流红。闲愁万种。”这，还不够清楚吗？

这是一支从宇宙洪荒青埂峰下发射来的漫漫光波。催促的号角有如急管繁弦。它预示永生般的悠长春日已接近尾声，繁华的花事即将终结了。

为什么曲子细细唱罢，众人反应一概不提，只敏感的宝玉“悟”了呢？这个与众女儿一并下凡的假男儿、真女儿，似乎只有他，接收到了某些来自天界的神秘信息。也许，对大观园诸芳的命运，他实在是比她们自己还要清楚的。

于是，就在这“若迟呵，错教留恨碧桃花”的清音中，曹公引领有心的读者，一步步将天上警幻所演之曲，人间怡红所种之花，《钗钏记》中的人名、《邯郸记》里的歌曲一一回顾。空间、时间虽然错综复杂，笔端却一丝不乱，直至重合于“天上碧桃和露种”这句名诗。

在民间传统话语中，“度世”是极常见的社会意识。在现实空间的种种苦痛里挣扎的底层人民，只能把希望寄托于缥缈的“后人生”阶段——度世是最末一着，也成为无可奈何的终极解决方案。被“度”上天的人，万事大吉，恰似西方童话里嫁入王宫的灰姑娘，“从此过上了幸福的生活”。直到汤显祖，这个天才作家才产生了这样的直觉意识：民间文化褒扬的“天上”，它所实践的一套等级价值系统实则与人间社会毫无二致。

正因如此，何仙姑的唱词才比前人的度世曲更有了一番深意。“您看那风起玉尘沙。猛可的那一层云下，抵多少门外即天涯”。——升上来是很困难的，而要落下去却很容易。天门下面就是参不透的红尘。

到了曹雪芹，又比汤显祖更进一步，他已彻底意识到对来生的寄托何其虚妄，人生无路可退。正因为有这样彻底的觉醒，他才在汤显祖这里敏锐地捕捉到了背面的东西。芳官专唱这一段，绝非随意安排。

《红楼梦》受清初吕熊《女仙外史》（《石头魂》）影响甚深，考《女仙外史》第一回就是“西王母瑶池开宴，天狼星月殿求姻”。也许更可以做个有趣的联想，何仙姑心急火燎要参与的盛宴，和《女仙外史》里的“西王母瑶池开宴”、《西游记》中惹恼了自由主义战士孙悟空的那场蟠桃宴，都是同一个。毕竟，蟠桃三千年才一结实，举行一次宴会真不容易。《红楼梦》第五回《虚花悟》，指的就是西王母七月七日“以玉盘盛仙桃七颗”宴请武帝，“言此桃三千年一结实”。不要忘记作家的经济笔墨。

而且如此种种，西王母、汉武帝——天上地下的政治力量就都打成了一体。

能参加瑶池宴的是进入了体制的神仙，所以没得到邀请的孙悟空才会大闹天宫。何仙姑缺乏猴子上天入地的本事，更无决绝的叛逆意识。她就是个规规矩矩的白领，刚进入天上公司的门槛，幻想着左右逢源，尽早挤入中层去。“若迟呵”，嗨，下一回盛宴就不知在何方了。

无独有偶，在《红楼梦》文本中，离恨天之上，灌愁海之中，另一位仙姑警幻仙子也曾谆谆劝解宝玉要“改悟前情，留意于孔孟之间，委身于经济之道”，也是活脱脱的过来人的口吻。

你会惊异地发现，这些看似不食人间烟火的仙子其实正是身经百战、心计深沉的杜拉拉。在灵河沿畔，潜在的等级制度与激烈的人事争斗无疑是人间翻版。倘若诸芳将来能被一一度回仙班，会合于天上，也不免再与“桃红柳绿”的职场人生遭逢一过儿。

不错，重回仙班，听上去就如“宝玉出家”，有个很美的外壳——中国人普遍认为，当和尚远不是人生最凄惨的结局。可天上若果真“清淡平和”，一班子风流孽鬼当初为何吵着闹着要下红尘来呢？“游于离恨天外，饮灌愁海水为汤”——那林黛玉的前生绛珠的遭际，不是早就微妙地点出了在天上的等级社会，不入世者同样有不妙处境在等待着吗？

对隆重的蟠桃宴后面遥遥地、矜冷地浮现出的终结场面，读透了汤显祖，更阅尽人间冷暖的曹雪芹终是保持了疑虑。这样，顺带着，他就把“后红楼”的终极命运也彻底否定了！——“到头来，谁把秋捱过？……”

十年哪，十年间从云端到地底的生活历程，究竟能窥破多少光怪陆离的幻境！这才真正是——“都云作者痴，谁解其中味！”

梅魂竹梦已三更

很可能在真实生活里，黛玉与宝琴本就是一对亲姐妹。后来为着创作需要，才把她们分割开来，装点施染，化为两个无血缘关系的艺术原型了。

《红楼梦》第二十三回中，刚刚搬入大观园，“心满意足，再无别项可生贪求之心”的宝玉提笔为春夏秋冬四季各赋诗一首。其中《冬夜即事》是这么写的：

梅魂竹梦已三更，锦罽鹴衾睡未成。
松影一庭惟见鹤，梨花满地不闻莺。
女儿翠袖诗怀冷，公子金貂酒力轻。
却喜侍儿知试茗，扫将新雪及时烹。

首句的“梅魂竹梦”，似有所指。“梅”，应为后面出场的夺尽众人眼光的宝钗堂妹宝琴姑娘。在第五十回“芦雪广争联即景诗，暖香坞雅制春灯谜”中，有如此美丽的描绘：“一看四面粉妆银砌，忽见宝琴披着凫靥裘站在山坡上遥等，身后一个丫鬟抱着一瓶红梅。

众人都笑道：‘少了两个人，他却在这里等着，也弄梅花去了。’贾母喜的忙笑道：‘你们瞧，这山坡上配上他的这个人品，又是这件衣裳，后头又是这梅花，像个什么？’”显然，作家是以梅花来比喻宝琴。

宝琴与梅的联系还体现在婚姻上。她与梅翰林的公子订有婚约，诗作中有“明月梅花一梦”、“不在梅边在柳边”等句。刘心武先生据此考证宝琴与梅公子的姻缘终成一梦，或许将来会与柳湘莲于患难中结合。此为后话。

竹，自是指黛玉了。潇湘馆“凤尾森森，龙吟细细”，“满地下竹影参差，苔痕浓淡”。综合而论，这句“梅魂竹梦”，为我读至后面时推测的琴、黛的生活原型可能为同一人或姐妹俩添了几分依据。

为何会有此推论？请看第四十九到五十回连珠炮般出现的，他者眼中看到的宝琴在贾府得到的极高礼遇。

一、第四十九回“琉璃世界白雪红梅，脂粉香娃割腥啖膻”：“袭人笑道：‘他们说薛大姑娘的妹妹更好，三姑娘看着怎么样？’探春道：‘果然的话，据我看，连他姐姐并这些人总不及他。’袭人听了，又是诧异，又笑道：‘这也奇了，还从那里再好的去呢？我倒要瞧瞧去。’探春道：‘老太太一见了，喜欢的无可不可，已经逼着太太认了干女儿了……’”此其一。探春的评价、描述，足以振聋发聩。

二、同回。“湘云道：‘那里是孔雀毛？就是野鸭子头上的毛作的。可见老太太疼你了，这样疼宝玉，也没给他穿。’宝钗道：‘真俗语说‘各人有缘法’。他也再想不到他这会子来，既来了，又有老太太这么疼他。’”老太太竟如此疼一个刚见面的外人，甚至超出了对亲孙儿的疼爱。

三、同回。“宝钗忙起身答应了，又推宝琴笑道：‘你也不知是那里来的福气！你倒去罢，仔细我们委曲着你。我就不信我那些儿不如你。’说话之间，宝玉黛玉都进来了，宝钗犹自嘲笑。湘云因笑道：‘宝姐姐，你这话虽是顽话，恰有人真心是这样想呢。’琥珀笑道：‘真心恼的再没别人，就只是他。’口里说，手指着宝玉。宝钗湘云都笑道：‘他倒不是这样人。’琥珀又笑道：‘不是他，就是他。’说着又指着黛玉。湘云便不则声。宝钗忙笑道：‘更不是了。我的妹妹和他的妹妹一样。他喜欢的比我还疼呢。’一时林黛玉又赶着宝琴叫妹妹，并不提名道姓，直是亲姊妹一般。那宝琴年轻心热，且本性聪敏，自幼读书识字，今在贾府住了两日，大概人物已知。又见诸姊妹都不是那轻薄脂粉，且又和姐姐皆和契，故也不肯怠慢，其中又见林黛玉是个出类拔萃的，便更与黛玉亲敬异常。”

通观全书，宝钗是极少流露醋意的，这里却不但连连对堂妹说出拌嘴似的负气话，还流露了“我就不信我那些儿不如你”的嫉妒。这儿的宝姐姐反而有些孩子气的可爱，不似往日持重老成，倒像个和妹妹争布娃娃的姐姐，从其带着醋意的话语里伸出了一只小手，在一个劲地推搡着得到了娃娃的幸运小妹妹；这里的宝姐姐又有些说不清道不明的可怕。她心头好像有笔账，一字一笔记下，等你将来偿还。

见到宝玉黛玉进来了，依本性宝姐姐会立刻打住埋怨，而一时的强烈醋意驱使她“犹自嘲笑”。可见至少在这个时刻她心里还是很不平衡的。在宝黛面前继续嘲笑堂妹，是为争取同盟军，还是潜意识里想以堂妹所受之破格礼遇来让黛玉也小小地气上一遭呢？

曹公笔下，字字辛苦不寻常。据考，黛玉本“目下无尘”，但竟赶着宝琴叫妹妹，而且“并不提名道姓，直是亲姊妹一般”。反观宝琴对她也是“亲敬异常”——其间虽顾及宝钗的面子，但这样的描写的确发人深省。很可能在真实生活里黛玉与宝琴本就是一对亲姐妹。后来为着创作需要，才把她们分割开来，装点施染，化为两个无血缘关系的艺术原型了。

四、作家还不罢休，又在第五十回“芦雪广争联即景诗，暖香坞雅制春灯谜”里继续铺排一家之主对宝琴之激赏。——“贾母摇头笑道：‘那画的那里有这件衣裳？人也不能这样好！’”……

贾母又何曾这般夸过人？她到底是想表明什么意图呢？是为气宝钗、薛姨妈，还是另有深意？

综上所述，我有种直觉，若非琴、黛之原型本为一人，就是琴在生活里原就为黛之幼妹。这样在第五十三回“宁国府除夕祭宗祠，荣国府元宵开夜宴”中，独安排宝琴这外人来参加除夕祭祀，并以其眼做摄像头一一观察、记录，也就说得通了。那么，老太太曾有意将其许配宝玉，放在生活中也就可以理解了。

关于“松影一庭惟见鹤”一句：若读过第七十六回“凸碧堂品笛感凄清，凹晶馆联诗悲寂寞”，就可知湘云与黛玉联诗时说过出了“寒塘渡鹤影”的名句。鹤，很可能是湘云的符码之一。在第六十二回，喝醉了的湘云“卧于山石僻处一个石凳子上，业经香梦沉酣，四面芍药花飞了一身”，是很著名的美丽场景。而宝玉上一首“秋夜即事”就出现过“苔锁石纹容睡鹤”。更可参见第五十回“芦雪广争联即景诗，暖香坞雅制春灯谜”：“湘云笑的弯了腰，忙念了一句，众人问‘到底说的什么？’湘云喊道：‘石楼闲睡鹤’……”

可见石上之鹤，即指曾醉卧石凳的湘云。

关于“梨花满地不闻莺”一句：依我看，“梨花”指的是黛玉，而非曾短期住在梨香院的宝钗——详见专文《酒令里的‘女儿’

们》。而“莺”，才是宝钗。她的心腹丫鬟名为莺儿。第三十五回“白玉钏亲尝莲叶羹，黄金莺巧结梅花络”中有这样的描写：“莺儿抿嘴一笑。宝玉笑道：‘我常常和袭人说，明儿不知那一个有福的消受你们主子奴才两个呢。’”似为后文黛玉亡后宝玉娶宝钗伏下隐笔。

我比较赞赏的是一个已丢失了的老本（六桥本?）透露的大结局：黛玉死后，宝玉被迫娶了宝钗，时家境已败。宝钗难产而死，宝玉成了乞丐，偶遇寡妇湘云。同是天涯沦落人，从此在极艰苦的环境里二人相濡以沫。

在1987年版同名电视剧里，宝玉最终就是当了乞丐，在雪地里绝尘而去——不知是否受了小说第一回《好了歌》“展眼乞丐人皆谤”句启示。而此前根据高鹗续本改编的同名越剧电影，宝玉出家说早已深入人心，所以大多数观众都受不了宝玉行乞这个悲惨到底的结局，何况在前八十回中宝玉出家的线索勾勒得明晰非常。梁归智先生以黛玉曾嘲讽宝玉“做了两回和尚了”入手，分析认为曹雪芹曾规划宝玉出家——还俗——终又出家的曲折轨迹。

我倒是觉得，真能做稳和尚也很不易。

中国人普遍认为出家远不是人生最凄惨的结局，空门在中国文化里很带有些仙风道骨云游世外的浪漫气息。高阳的小说《状元娘子》《印心石》里，女主人公们每当被逼入绝境时都以出家了之。虽然那之后的日子也很难保证清淡天和——看看智能、芳官就知道了——所以芳官一定会早早死去，重归天庭——到底“无待”也需要些许物质基础的。人说“托钵化缘”，真到了白茫茫大地一片干净时，那钵又何处可觅？总不至潇洒到心中有剑手中无剑的武侠小说境界吧。

所以宝玉行乞，才是最彻底地把生活最末一着最残酷也最真实的一面展示给读者。

那么，上面“惟见鹤”句，是否即暗示宝玉在最后的岁月只余湘云为伴呢？“梨花满地”，喻那时黛玉早已摧折；“不闻莺”，系指宝钗死后，莺儿也自觅出路了。诗题曰“冬夜即事”，那么上述这些伤心之状，或许都发生在天翻地覆，大厦倾倒后，某个寒冷的冬天里。

永远的文人自伤

“既不得志于有司”——回归本色、率性自由，往往是一种痛苦的蜕变过程，并非一开始就有的自觉。徐文长如此，曹雪芹亦如是。

在《红楼梦》第一回“甄士隐梦幻识通灵，贾雨村风尘怀闺秀”里记载，当诸芳散尽之后，又不知过了几世几劫，才有个访道求仙的空空道人从大荒山无稽崖青埂峰下经过，忽见一块大石上字迹分明、编述历历。“空空道人乃从头一看，原来就是无材补天，幻形入世，蒙茫茫大士、渺渺真人携入红尘，历尽离合悲欢炎凉世态的一段故事。后面又有一首偈云：‘无材可去补苍天，枉入红尘若许年。此系身前身后事，倩谁记去作奇传。’”

在“无材补天，幻形入世”八字后面，甲戌脂批评道：“八字便是作者一生残恨。”又于“无材可去补苍天”诗后评曰：“书之本旨。”在“枉入红尘若许年”后更补道：“惭愧之言，呜咽如闻。”

这些文本，这些脂批，是从古到今一切难觅“经济之道”的失意文人共有之隐痛深悲。明代文学家袁宏道在《徐文长传》（徐是明嘉靖、隆庆间的绍兴名士，诗、书画奇绝）中这样说：“文长既不得志于有司，遂乃放浪形蘖，恣情山水……其胸中又有一段不可磨灭之气……故其为诗如嗔如笑，如水鸣峡，如种出土，如寡妇之夜哭，羁人之寒起……偶尔幽峭，鬼语秋坟。”

“既不得志于有司”——回归本色、率性自由，往往是一种痛苦的蜕变过程，并非一开始就有的自觉。徐文长如此，曹雪芹亦如是。

他们都是已走到了人生边上，才一痛决绝，发出种种无忌的自嘲与自讽，继而有胆色深刻地反思整个传统文化对人性的不尊重。最具代表性的，即为《红楼梦》第三回，贾宝玉一出场，曹公就以《西江月》二词将他损得上天无路入地无门：“无故寻愁觅恨，有时似傻如狂。纵然生得好皮囊，腹内原来草莽。潦倒不通世务，愚顽怕读文章。行为偏僻性乖张，那管世人诽谤！”“富贵不知乐业，贫穷难耐凄凉。可怜辜负好时光，于国于家无望。天下万能第一，古今不肖无双。寄言纨绔与膏粱，莫效此儿形状！”

时光流逝，当实用主义思潮泛滥的机器文明时代来临后，不得志文人的这种心态是消弭了，还是愈演愈烈了呢？

周汝昌先生曾云：“一番补天，一番入世，都徒劳枉费，而毫无建树，白白在‘红尘’（人间世）经历了那么多年！这才是作者的一生叹恨，此怀难遣，万不得已，这才去写一部稗官野史，小说闲书！”读者诸君，要注意“这才去”三字的分量！

比周老小了两代的旅美华人张宗子先生在《此岸的薛宝钗》一文里也流露过大旨类似的痛心切语：“我的感觉，雪芹是把宝玉作为失败者来描写的，因此他才要表达痛切的忏悔。宝玉的反叛并非刻意的行为，更不是目的，而是自身难以克服的时代病症。意识到一生之误，意识到他不可避免的失败命运，别无出路，偏是欲罢不能，这才是真正的大悲剧。清醒者的悲剧。”这段滴血之词，怕多少也是漂泊异乡，经历着从头再来的煎熬，克服着文化上的饥渴，年过五旬的张宗子先生的夫子自道吧。

“自身难以克服的时代病症”——所指向的究竟是谁的时代？是科举取士的封建王朝，是周汝昌先生的民国以还，还是张先生读大学的“80年代”？

在周汝昌先生看来，石头“补天入世”不成的叹恨是一种深层次的理想失落。“石头安心下世去‘造历幻缘’，去惹一场大是非，它是有思想的，有认识的，它是‘入世’的，而非‘出世’的……它不是为了寻求‘彼岸’（跳出‘火坑’，身入西方‘极乐世界’的）。它想得很多，它看到了很多不幸和不平。它想改变这种不幸和不平的状况，可是，它的愿望不得实现。”①

一生治文，“一生之误”，当最终意识到文人在以工具理性为支撑的现当代经济组织中有着不可避免的边缘化定位时，游离于仕途经济之外，却被社会支配形式打得头破血流的“宝玉”成为后世读者对《红楼梦》产生众多共鸣的最大因素。“有才无命”非自今日始，它的社会内涵、精神实质都异常复杂深刻，只有尽可能地置身于曹公的复杂心境与哲学基础中，带着崇敬去理解他饱经世事磨砺后眺远瞻弘的精神境界，才能对《红楼梦》里这一段极为重要的纲维脉络有所感悟。这是一脉深深隐伏在中国文化背景下的波澜，也是红楼一梦这曲宏伟深广的交响乐的一支复调。它与红楼女儿们可

---

① 《红楼小讲》，第17页。

悲可悯的命运主题共生共依、不可或缺、前呼后应，共同组成了一句警言：千红一哭，万艳同悲！托言寓意之旨，谁谓独寄兴于一“情”字耶？

贾政与宝玉的包袱

贾政年迈时终于像个有血肉的“人”了，却终是晚了。这意况，真有些温暖的凄凉。

“富贵何常，子孙不可无文”——这是中国历史上“统治阶层”惯有的经验之谈。只有深谙“君子之泽五世而斩”历史周期律的清醒人士，才能发出这等肺腑之言。然而在《红楼梦》中，以军功发家，花团锦簇、烈火浇油的贾府，又有哪个子孙能听得进逆耳之言呢？

在第二回“贾夫人仙逝扬州城，冷子兴演说荣国府”，当王夫人陪房周瑞的女婿、古董商冷子兴向贾雨村介绍宁荣两门的情况时，是这样说的：“如今代善早已去世，太夫人尚在，长子贾赦袭着官，次子贾政，自幼酷喜读书，祖父最疼，原欲以科甲出身的……”

可惜，贾政最终还是没能从科举仕进。

不过，除却贾政，在这个富贵繁华的大家庭，一众成年男子里，还有谁肯对八股下点硬工夫呢？好色昏庸的贾赦自不必说了。至于他的儿子贾琏，冷子兴介绍，这位琏爷身上“现捐的是个同知”，

“也是不肯读书，于世路上好机变，言谈去的”。——琏真乃赦之子也！

种种评论看似碎语闲言、戏笔淡墨，但有心的读者当能结合封建社会的历史、文化语境，从中窥见自律甚严的贾门唯一儒者政老爹独孤无依的心境，进而体会其嫡子宝玉不得不硬撑独扛的压力。

在第十九回，袭人就劝宝玉道：“你真喜读书也罢，假喜也罢，只是在老爷跟前或在别人跟前，你别只管批驳诮谤，只作出个喜读书的样子来，也教老爷少生些气，在人前也好说嘴。他心里想着，我家代代读书，只从有了你，不承望你不喜读书，已经他心里又气又愧了……”

由此可见袭人性本滑巧，人云亦云。这后一句尤令人啼笑皆非。“我家代代读书”——试问贾家子弟里哪一代是读书种子？相较之下，文墨清通，颇有捷才的宝玉还算不坏的了。可谁让他又偏偏是政老爹的儿子呢？

贾家——原型就是曹家——到底自军旅出身，从无科甲传承之绪。故直到第七十五回，贾政才终于反思到：“祖宗们各各亦皆如此，虽有深精举业的，也不曾发迹过一个，看来此亦贾门之数。”

贾政的喟叹，正是当时部分意图摆脱草莽家风的统治者心理之真实写照。

正因贾家远非真正意义上的诗礼之族，加之始终背着个“包衣奴才”的原罪，其社会地位才永远是不上不下的。再怎么金玉锦绣地装扮起来，繁华热闹地庆祝起来，亦不能脱却隐约的惶恐和骨子里的鄙俗，更缺书香世家的圆融娴静之象。而且这是四大家族同气连枝的一种文化表现。

女眷们脱口说脏话的比比皆是，王熙凤连字都不识。所以女作家张曼菱才有个新颖的观点：那些下笔成文的大观园小姐的原型，并非满清贵族女子，竟是明末秦淮河畔的青楼名妓。

故运隆祚永后，贾家才与出身于国子监祭酒之家的书香小姐李纨结姻吧。虽然李纨也只读了几本冬烘的旧书，但她的谈吐，毕竟比王熙凤要文雅得多了。

有人说，大观园即南京袁子才的随园，但依我看，书中风景名物美则美矣，却不及江南风物有一种繁华靡丽的味道。没有蒙蒙烟雨的画楼，金桂飘香的天井……就是缺少那样一种“澹烟疏雨杏花天”的意境。的确，女儿们也常常应花时建诗社，但雅亦雅矣，却也略失花晨月夕联床听雨的少年心性，椿萱分韵课诗的蔼蔼常态。至于哥儿们，一个个更是流连歌舞场的老手。其冶游生涯中固然有些红牙碧串、妙舞轻歌，但绝无名花瑶草、锦瑟犀毗。

反倒是今人端木蕻良的长篇小说《曹雪芹》里，子弟们行的酒令很带着写意的婉约与朦胧的诗意。当然，后者虽然反映清代中叶的社会情状，思想、意境却透露出现代意识。

直至第七十五回后，这个千疮百孔的大家庭的道统执行者兼唯一的儒者贾政才对家族历史作了深刻回顾，对每况愈下的现状做了全面反思，终于“名利大灰”。而在此时，庶子贾环这个“燎了毛的野猫”，随着年齿增长，竟也突然“读书稍进”，而且“其脾味中不好务正也与宝玉一样，故每常也好看些诗词，专好奇诡仙鬼一格”。连贾政看了他的诗，“亦觉罕异”。只是“词句终带着不乐读书之意”，贾政遂不悦道：“可见是弟兄了。发言吐气总属邪派，将来都是不由规矩准绳……”

贾环竟也如宝玉那般属“正邪两赋”之人了！看来到底是血缘

所系啊！政老爹的禀赋，也值得我们高看一眼了。在第七十八回中，更交代这样的背景："近日贾政年迈，名利大灰，然起初天性也是个诗酒放诞之人，因在子侄辈中，少不得规以正路"。——贾政终于像个有血肉的"人"了，却终是晚了。这意况，真有些温暖的凄凉。

综上可见，贾政自身本就有"正邪"二赋，宝玉和长大后"读书稍进"的异母弟环脾味中不好务正之癖，实得自乃父遗传。只是贾政在家境光明时犯了知其不可为而为之的牛心左性，非让子弟走科举仕进的金光大道不可，给自己和儿子都承载了不可负担的任务。后来贾家败落之态已鉴，他也终于灰心放手，亦表现出了一点可贵的人情味。

后四十回里，宝玉、兰儿叔侄同时中举事，实乃高鹗一番夫子自道也，是他"甜蜜的回顾"。而曹家从无科举之数，是断不会自戳伤疤的。

不过说到底，在八旗贵族子弟里，究竟还属贾赦这种吃喝玩乐了一辈子的，才是真正的"典型人物"。他从不要求儿子读书，也规劝贾政"想来咱们这样人家，原不比那起寒酸，定要'雪窗荧火'，一日蟾宫折桂，方得扬眉吐气。咱们的子弟都原该读些书，不过比别人略明白些，可以做得官时就跑不了一个官的。何必多费了工夫，反弄出书呆子来"。最后，他竟拍着贾环的头，笑道："将来这世袭的前程定跑不了你袭呢。"

果然，书呆子是从来都看不透社会现状的，倒是头顶生疮脚底流脓之辈往往能一针见血看破世情。若论给皇帝当鹰犬、眼线这样"世袭的前程"，贾宝玉当然是绝对不够格的，只有贾环这种心狠手辣之徒才能胜任！

一向被目为“情痴”“傻孩子”的宝玉，在这样一个勾心斗角的复杂大家庭长大，可以想见，在许多地方他不但从未免俗过，甚至更会抱持世俗的视角。他是出世的“无事忙”，可人们忽视了他的另一面必非常入世，才得以生存。但上天终使之抱残守缺归于寂寞。这样一个别人眼中的痴儿（就连老婆子们也常议论他的傻），而且是“一点刚性也没有”——这种外在的普遍评语对一个男权社会里的贵族青年，不能不说是隐性的侮辱。他大概与下人小子们没什么两样，同样是看不到希望和荣誉感的。他唯一的盾牌就是尊贵的身份与贾母、王夫人的百般疼爱，可离了贾府他就什么也不是，连叫花子都不如。故而这个敏感自卑的青年是永远在对人类世界无处不在的普遍失望中苦苦寻觅避风港的。林妹妹——就是这个避风港，就是这个情感归宿。

所以周汝昌先生才会有这样发人深省的评论：“曹雪芹这个不肖子孙，一生不曾成名成家，立功立业，却去写‘闲书’，所谓‘盲词小说’‘稗官野史’，这也罢了，这闲书的主角，却又从小如此‘反常’，使家风颓堕，做的事，说的话，都是骇人听闻，千古未有……从那块通灵石头下笔，写到宝玉这么一个‘孽根祸胎’，不是随便开玩笑的，是千回百转千锤百炼后，以沉痛的心情，严肃的笔墨来写的。”①

① 《红楼小讲》，第41页。

康熙何以如此眷顾贾家

后来弄清了些历史知识，方知清代皇子一落生，就有保母乳母各八人。亲生母亲为避嫌，反而不能参与抚育工作。所以保母与乳母，身份自是不同的。曹家的太夫人，当年做的是教育抚养的工作，自比乳母高了一层。

读《红楼梦》，曾经总有一个谜团解不开：贾府上下为何都这样恨奶妈这种职业，而且把奶妈们描写得如此不堪？宝玉的奶娘李嬷嬷就不用说了，不但亲生儿子成了宝玉的侍读，她自己也倚老卖老。宝玉留给丫鬟的豆腐皮包子，她抢着吃；留着自己喝的枫露茶，她抢着喝，到底惹得宝玉大怒，摔了茶碗，撵了无辜的丫鬟茜雪出府才罢。就连平日里很少动怒的贾母，对奶妈的恨竟然也积得那么深，而且甚于宝玉，乃至公开骂她们仗着早年间给主子喂过几口奶，就挑唆着主子生事，为所欲为。

我之所以不解，就像看到薛蟠提及唐寅的画，两者都是谜团——因为曹雪芹的祖父名曹寅。曹雪芹敢公然不避祖父名讳，把这个“寅”字写入小说，而且还是从薛蟠这个呆霸王口里喊出的——这在封建社会是相当犯忌的一件事。

回到贾府对奶妈的痛恨上来。君不见现实生活里曹家的得势，也要归功于太夫人、曹玺之妻孙氏曾任康熙保母吗？宝玉之斥骂李嬷嬷，岂非打自家耳光？

后来弄清了些历史知识，方知清代皇子一落生，就有保母、乳母各八人。亲生母亲为避嫌，反而不能参与抚育工作。所以保母与乳母，身份自是不同的。曹家的太夫人，当年做的是教育抚养的工作，自比乳母高了一层。

而且我认为，孙氏定是极有见识的女子。幼年是人生最关键的成长时期，康熙在她手上得到最初的人格教育，情性、智力发展及身体素质定受益甚多。尤其是康熙早年生过天花，九死一生。康熙父皇顺治最宠爱的董鄂妃生的小皇子，就死在天花上。而小时候并不显山露水的康熙之所以能在众皇子中脱颖而出被定为太子，和他出过天花，终生免疫有直接关系。想来童年康熙之所以能够痊愈以致继承大统，与以孙氏为首的众保母极其精心的照顾有莫大关系。

康熙长大后体会越深，心底就会越感激不尽。何况曹寅又是他的伴读，自小玩到大的兄弟，后来在江南实施柔化知识分子政策的得力助手。故康熙给予包衣奴才出身的曹寅江宁织造，同是八大保母之后的李煦苏州织造的肥缺，对曹、李两家的亏空也往往御笔一挥，大而化之了。

此外，童年时代永远是美好的。越是威武的男人就越葆有这样脆弱的内心角落。这或许能解释为何今天许多已事业有成的男子汉还喜欢《同桌的你》《小芳》这样的怀旧歌曲。当年的同桌一定不比今天的小蜜漂亮。但怀旧是个复杂的情意综。

故康熙四次南巡都住在曹府。当看到昔日与己朝夕共处的“吾家老人”及亲密无间的伴读曹寅，那种亲切的情感在一瞬是会战胜理智的，何况康熙本身就很重感情呢。所以他会御笔亲书“萱瑞堂”，所以在曹寅病危时他命人从京城加急赶往江南送特效药，甚至亲手细细写下服药禁忌。曹寅死后，他对曹寅之子也是关怀备至。

可惜的是，康熙薨逝后，雍正对曹家就根本没有这种细腻的情感了。况且曹家在皇室接班人的大是大非问题上居然站错了队，曹家的树倒猢狲散就是铁定的事实。其实，曹寅在生前已经发出了这样的预言。对于赫赫荣华下面不堪一击的“奴才”命运，他比任何人都看得清醒。

所以到了曹雪芹这里，对于最高统治者，哪怕是曾经给予过这个包衣奴才家族莫大富贵尊荣的康熙，他都是颇有微词，敢说敢道的。对自己祖父的名讳尚不在乎，看透一切的曹雪芹才会借赵嬷嬷之口，倾吐造成曹家亏空的“不能不说的秘密”：“几次接驾，别讲银子成了土泥，罪过可惜竟顾不得了。也不过是拿了皇帝家的银子往皇帝身上使罢了。谁家哪有钱买这个虚热闹去！”

包衣的身份，奴才的命运

曹家虽因与康熙的特殊因缘而得宠，可贾府自己的奴才赖嬷嬷那句“你那知那奴才两句是什么写的”才真真是点题之语，也是曹家自己的肺腑血泪，振聋发聩。

曾经鲜花着锦、烈火烹油、不可一世的贾家，终是包衣“奴才”。所以，外里越是热闹，内囊就越为一种绝望和堕落的气氛所笼罩。曹雪芹虽自称“旁观冷眼人”，脂批也说“此为雪芹之长”，却绝非冷漠的无动于衷。在哲学观上，他很可能大彻大悟，与甄士隐相类：“世上万般，好便是了，了便是好。若不了，便不好，若要好，须是了，”但在情感上不可能完全超脱过去岁月的影响。那么看似平淡，底下却激烈汹涌的感情！披阅十载，增删五次——若非一笔一墨都已化入血肉，是根本写不出来的！

学者蔡仲德说：“中国文化的特征是将道德政治化，政治道德化。”上面热闹繁华，底下紧张得很。封建皇权体制下再大的官都是奴才，遑论满洲之特殊官制！

其实无论书中人，还是读者，怕都少有人能深入宁荣二府具体情境，从而用一颗柔软真诚的心去体会宝玉的叛逆到底建筑在自身多么巨大的痛苦上。曹家世隶奴籍，反映在书中，即贾家非从科举入仕。旗人是很少走科举这条苦路的。贾政不同于他军功出身的先人，偏想当儒者，给自己也给儿子选了副重担。

吴世昌先生便一针见血地指出：“曹寅既因系康熙亲信，才能世袭织造，而此后情势大异，如欲再兴家业，只有希望雪芹从举业的正途出身。”①

在《红楼梦》第二回，冷子兴演说荣国府时，正挑明了贾家世袭、“捐官”的真实仕途情状：“长子贾赦袭着官；次子贾政，自幼酷喜读书，祖、父最疼，原欲以科甲出身的……”然后又谈下一辈人：“这位琏爷身上现捐的也是个同知，也是不肯读书……”而贾蓉的官职龙禁尉也是秦可卿死后现捐的。虽然在第十九回袭人为劝宝玉走正道说了些：“他（指贾政）心里想着，我家代代读书，只从有了你，不承望你不喜读书，已经他心里又气又愧了。”前面都是虚赞，只最后倒是实话。不过最令道学家贾政气愧的还不是宝玉的“不喜读书”（这本是贾家子弟通病），而正是他的“批驳诮谤”，调脂弄粉这些有违时俗的毛病。

包衣的身份，在骨子里是永远卑贱的。黄裳先生说过：“在明朝，奴变的事多得很。奴才做了官，花了很多钱在主人那里赎了身，成了‘自由人’。然而终究仍是终身的污点，见了主人总是要低头……到清朝，此风盖犹未替。在《红楼梦》中贾府的奴才赖大的儿子发了财，做了官，然而看见贾家的人，仍旧是奴才的一点可以

① 《红楼探源》，北京出版社2000年版，201页。

为证。”①

曹家虽因与康熙的特殊因缘而得宠，可贾府自己的奴才赖嬷嬷那句“你那知那奴才两句是什么写的”才真真是点题之语，也是曹家自己的肺腑血泪，振聋发聩。

何止赖家呢。荣宁二府不可谓不富，哥儿姐儿们也常吟诗作词，然而王夫人、薛姨妈、王熙凤对话中常露的伧俗，到底出卖了生活原型曹家真实的“底子”所决定的普遍审美心理结构。

① 《旧戏新谈》，北京出版社2002年版，170页。

“闲踏天门扫落花”的意境

中国有个楚文学形态，影响几千年。《红楼梦》一书就深受其影响。

端木蕻良先生说过：“曹雪芹对宋玉、曹植的文学传统，当然是有意识继承的。中国有个楚文学形态，影响几千年。”

当读到芳官在宝玉庆生宴上演唱的汤显祖《邯郸记》中《赏花时》一折时，我实在极喜“闲踏天门扫落花”这句，但最妙者还是下面的“抵多少门外即天涯”。在小说《曹雪芹》中卷里，雪芹的表哥福彭叙述他小时候看见南天门开了，有块石头从云雾里落了下来……你当然知道那在寓意什么。单独这段描写的意境，就已美极了，它正体现着中国传统文化神话型浪漫主义的“师楚”一脉。正是因为传承了楚文化的意境，红楼一梦才更美丽。美在何处？就在那种空灵缥缈的楚文化风范。

在《红楼梦》第十七十八回“大观园试才题对额，荣国府归省庆元宵”中，曹雪芹借宝玉之口，对以屈原《楚辞》为代表的楚文化一脉，作了最大的致敬：“这些之中也有藤萝薜荔。那香的是杜若蘅芜，那一种大约是茝兰，一种大约是金葛，那一种是金登草，这一种是玉蕗藤，红的自然是紫芸，绿的定是青芷。想来《离骚》，《文选》等书上所有的那些异草，也有叫作什么藿纳姜汇的，也有叫作什么纶组紫绛的，还有石帆，水松，扶留等样，又有叫什么绿荑的，还有什么丹椒，蘼芜，风连。如今年深岁改，人不能识，故皆象形夺名，渐渐的唤差了，也是有的。”

《楚辞·离骚》有“朝饮木兰之坠露兮，夕餐秋菊之落英”的浪漫诗句。让这一脉高洁空灵的浪漫主义永远保留在中国人的文化语境里吧。

《红楼梦》里最悲哀的人物

宝玉的同情往往更倾向少女，尤其是美少女。老婆子在他眼里就是死鱼眼珠，已沦为男性的帮凶。

周汝昌先生说，《红楼梦》体现了伟大的人道主义精神，他举例子，宝玉撞破了茗烟和一个“些微有些动人”的小丫头的好事，那小丫头羞得一头跑出去，宝玉忙着在后面叫她别怕，他是不会说的。

也许是性别不同吧，我倒觉得宝玉的同情往往更倾向少女，尤其是美少女。老婆子在他眼里就是死鱼眼珠，已沦为男性的帮凶。

当然比起其他只知玩弄女性的贵族男子来，宝玉的精神境界已强了不知几许。十几年前，少不更事的我曾在清华 BBS 武侠版上留言说，金庸武侠小说里，最悲哀的人其实是那些连名字都没有的妄死者。譬如无论“好人”还是“坏人”上场，只要发生对抗，一挥手万箭齐发之类的把戏里总得赔上许多无名家丁、路人甲乙的性命。而“好人”“坏人”对此都无负疚感，在这方面他们的不仁惊人的一致。恐怕因这些生命在写作者的潜意识里也如草芥。

今年偶然上网发现，已故科学家戈革先生在评论金庸小说时亦发过类似感想。我则是因自幼就同情那些弱小的被人类欺凌的生命，故有此感。强者大概就没有这些感发的。所以我喜欢狗马羊而不亲近猫科动物，尤其虎豹一类。我承认后者是“高贵”自立的，但不知为何就是不喜欢，此即吾天性之远近亲疏也。

想《红楼梦》里傻大姐这样的女孩子，身处社会最底层，体肥面阔，生性愚顽，在府里时只是主子们寻开心的工具，没人同情、怜惜过她；将来拉出去配人，最多配个同样不入流的小厮，甚至是卖苦力的，还会因容貌不美、心性愚笨被夫家挑三拣四、嫌弃打骂。在夫权社会里，女性处于最下层，而像傻大姐这样的女孩子，她的前面只有地狱在等待。

老子云：“天地不仁，以万物为刍狗。”《红楼梦》里最悲哀的人是谁？那就是生命贱如泥沙，连“些微的动人”之处也没有的傻大姐之流。

有个曹雪芹，就有个脂砚

那份共同的记忆温暖了茅椽蓬牖瓦灶绳床，油灯下的濡墨泣血。

在《红楼梦》第三十九回“村姥姥是信口开合，情哥哥偏寻根究底”中，李纨对凤姐的丫鬟（平儿）道：“我成日家和人说笑，有个唐僧取经，就有个白马来驮他；刘智远打天下，就有个瓜精来送盔甲；有个凤丫头，就有个你。你就是你奶奶的一把总钥匙。”

将李纨的话套在作者曹雪芹身上，也是极其恰当的：有个曹雪芹，就有个脂砚。

想想看，若无脂砚及几位亲友至交，曹雪芹的《红楼梦》怕是很难写下去，至少不会如此淋漓尽致。那时写小说绝不为发表，文网又重，若无一二能参透书中三昧的同好击节共赏甚至参与创作，还干吗费那劲去字字斟酌？这就需要点评者有共同的生活背景，能参透文中寓意。甚至如脂批明确揭示的，参与小说创作。

脂砚读了林黛玉喝合欢花酿的酒这段文字后，写下“尚记矮幽坊前酿合欢花乎?”，简直是知己之言，那份共同的记忆温暖了茅椽蓬牖瓦灶绳床，油灯下的濡墨泣血。脂砚不是说她也可写一部《枕霞阁十二钗》么？可惜只是戏言！真真是“髫年戏笔殊堪笑”，千百年来多少大家族内上演着兄弟姐妹们联床听雨分韵课诗的诗意画面，却只流传下这部《红楼梦》！

香山的冬天是冷的，曹雪芹又常举家食粥三餐不继，这份虽南面王而不易的创作快感及知道至少有个阅读者会懂得文字后一切意义的慰藉，可战胜饥寒。

脂砚到底是谁？《红楼梦》现存的版本，可分为两个系统，其中一个是带有脂砚斋评语的八十回脂评本系统。脂砚斋，是《红楼梦》抄本系统《脂砚斋重评石头记》的主要评点者。脂砚斋的批语在红学界称为“脂评”或“脂批”，有脂砚斋批语的抄本被称为“脂本”。脂砚斋并不是唯一给《红楼梦》作评的人，脂批本中除脂砚斋外，还有畸笏叟、杏斋等人，后来在世的流行版本也有梦觉主人等人作评。

但脂砚斋在批语中自称和作者关系密切，深知作者著书底里，与作者有共通的生活经历和感受，并且熟知作者著书过程中采用的多种奇法妙法，经常不厌其烦地引导读者步步深入地发现线索，甚至还参与了《红楼梦》的创作过程，了解红楼后事。如第一回中癞头僧指着甄士隐大笑，在其所念的四句诗的第三句“好防佳节元宵后”，甲戌本有侧批云：“前后一样，不直云前而云后，是讳知者。”是提示当年曹家被抄没的往事。曹家正是在雍正六年元宵节前被抄家的，故此脂批说：“不直云前而云后，是讳知者”。

第十六回甲戌本有回前总批：“借省亲事写南巡，出脱心中多少忆昔感今。”明点康熙六次南巡，其中四次驻跸江宁织造曹家的事。庚辰本在四次南巡接驾时侧批曰：“真有是事，经过见过。”

第二十八回，宝玉等人在冯紫英家宴会上喝酒，庚辰本眉批：“大海饮酒，西堂产九台灵芝日也，批书至此，宁不悲乎？壬午重阳日。”甲戌本侧批：“谁曾经过？叹叹！西堂故事。”西堂是曹雪芹祖父曹寅的书斋。

最后这类批语，是最好看的，仿佛引领着我们走入了昔日的江宁织造府，参观一处处厅堂、庭院，正如前引“尚记矮幽坊前酿合欢花乎?”，最能透露闺阁女儿的气质。

关于脂砚斋其人究竟是谁，与《红楼梦》的作者曹雪芹是什么关系，迄今未形成一致看法。红学界主要有四种说法：一、作者说；二、妻子说；三、叔父说；四、堂兄弟说。

我个人比较赞同于妻子说。脂砚说：曹雪芹写了金陵十二钗，同理，她也可写一部《枕霞阁十二钗》。枕霞阁是贾母娘家一处楼阁的名字。贾母的原型，即苏州织造李煦之妹。从这个线索推论，脂砚是李家女孩，即“史湘云”原型的可能性很大。况且如我在《别样的乡情与韵味》中指出的，平儿在宝玉的绛芸轩理妆一段文字，将女性闺阁什物写得头头是道极尽精妙，或许还是雪芹央求身边人脂砚回忆当年闺中古雅精致的妆奁而写的，也未可知呢。

不过有些脂批，又不似出自女儿口吻。如我在《一条隐形的度世线索》中指出的，脂批将“拿腔作势辖众恃能”的小戏子龄官骂了个狗血喷头，说她“种种可恶”，“使主人逐之不舍，责之不可，而皆不能言”，“然非领略过乃事，迷陷过乃情，即观此茫然嚼蜡”。看来是很吃过这样人的苦头。此处的脂砚，那种“领略、迷陷”的语气，不大像周汝昌先生说的是“史湘云”，倒似出自一个爱恋美色的男儿之口，即那个“逐之不舍，责之不可”的旧日“主人”。

所以，我认为脂砚斋是“湘云”，但脂批中也加入了雪芹叔父辈的部分文字。

曹公的心灵故乡是金陵还是姑苏?

虎丘、邓尉、寒山寺、要离冢……这个凝聚剑胆文心的历史名城，到底寄托了雪芹怎样的文化情怀?

关于曹雪芹的生年，学术界有不同争论。

如采用后一种，那么曹家被抄时，雪芹还是幼童。即使采用前一种，也不过是少年而已。后曹頫举家北迁，雪芹的大部分人生都是在北京度过的。

可在他笔下，江南的风物、人情、言语却繁茂如许。可以想象，雪芹一直生活在南方气息浓郁的移民家庭里。江南，是他的“根”。他的心灵故乡，还在那片湿润潺湲的土地上。

他的祖父曹寅，当年系金陵织造。一部《石头记》，其名或当典出“石头城”（金陵）。雪芹笔下出现了金陵十二钗。可是，第一回开宗明义出现的人间福地，却是姑苏。

“当日地陷东南（要知道，此句就与宝玉有关。一部“石头记”，这石头，正是《山海经》记载的地陷东南的洪荒时代，女娲炼剩的一块灵石），这东南一隅，有处曰姑苏，有城曰阊门者（这又牵涉到伍子胥、钱塘潮等中国历史上壮烈的文化符码），最是红尘中一二等富贵风流之地。”

就在这个富贵风流之地，甄士隐出现了，甄应怜（香菱）出现了。他们是第一个出现的人物，第一个出现的女儿；也是全书人物命运的代表者，统摄者。

林黛玉的父亲，“本贯姑苏人氏”，黛玉也是苏州少女。

史湘云原型是苏州织造李煦的孙女。和老太太一样，湘云也是从姑苏来的。

妙玉，亦是姑苏人氏。

这些生命里充满神秘气息的女孩子，都来自这花柳繁华地。

在第五十四回，元宵夜宴上，贾母说了一番对戏曲艺术的精辟见解。这是从她的丈夫那里学习来的。她命伶人只以箫管伴奏歌咏，在极热闹中创造了极空灵清冷的月光下的意境。雪芹把生活中一幕最真实的诗情画意搬上了纸面。

这正是曹寅的艺术观。

据杜于皇《初闻灯船鼓吹歌》载，明末士人耽于燕乐，有“梁溪酒，苏州箫管虎丘腔，太仓弦索昆山口，镇江红缨络、淮阳鼓，以及王伯谷鼓、马湘兰舞等”。这“苏州箫管”是早失传了，但若发挥一点想象力，很可能它就是贾母描述的那种优雅的伴奏形式哩。

姑苏，在雪芹心灵中占了头等位置。是因为他亲爱的祖母——贾母原型李氏就来自姑苏？还是因为他深爱的某个女子来自姑苏？

虎丘、邓尉、寒山寺、要离冢……这个凝聚剑胆文心的历史名城，到底寄托了雪芹怎样的文化情怀？

附：与宗璞漫谈《红楼梦》

侯宇燕（以下简称燕）：宗璞老师，您好。春色已深，天气依然不暖和，您在小说里提过的“醒树风”却刮起来了。这几日您精神好吗？我们可以随便谈谈《红楼梦》吗？

宗璞（以下简称璞）：《红楼梦》是个永远的话题，确实有话可说。我们谈红楼，就是要畅所欲言，你谈你的观点，我谈我的观点，这样才能互相启发，要有这种风气。法国启蒙思想家们有这样的名言：“我不赞同你所说的，但是我至死捍卫你把话说出来的权利。”我们离这种精神还很远，要努力。

燕：好的。首先感谢您于百忙中拨冗与我交谈。您自七八岁起就读《石头记》了。俞平伯先生也说过：“余之髫学即蒙学也。”他从小就读戚序本《红楼梦》，说“我想有正书局抄本《石头记》，八十回后无文无目，却是原书真面目。”终了放不下的还是《红楼梦》。

璞：喜欢《红楼梦》的，一辈子都喜欢。

燕：在昆明，您和兄弟上学路上也谈红楼。

璞：对回目，你说上面我说下面。《水浒》我们也是比较熟的。

我读的《红楼梦》与现在的人民文学出版社 1982 年版不同，忘记是什么本子了。人文版第三回“林黛玉抛父进京都”，我读的本子，“抛父”应作“别父”。“别父”是她不得不离开，“抛父”好像是她主动的，很无情。第八回“比通灵金莺微露意，探宝钗黛玉半含酸”，我读的本子是“贾宝玉奇缘识金锁，薛宝钗巧合认通灵”，正式推出了金玉相会，我觉得这样比较好。第二十七回“滴翠亭杨妃戏彩蝶，埋香冢飞燕泣残红”，“杨妃”、“飞燕”的说法不好。“宝钗借扇机带双敲”一回中描写，“宝玉”把“杨妃”的比喻告诉“宝钗”，“宝钗”大怒，现在作者在回目里这样写，岂不要把宝姐姐气煞。而且玉环飞燕虽都是美人，却有不洁的传说。用来比喻闺阁女儿，太唐突了。我读的本子是“宝钗扑彩蝶”、“黛玉泣残红”。第五十六回的“实宝钗小惠全大体”，我读的本子是“贤宝钗”。第四十二回的“潇湘子雅谑补余香”，大概是错字，应是“补余音”。第三十九回刘姥姥讲的抽柴女孩“茗玉”，是“若玉”。第七十八回宝钗解释她出园去的原因，其中姨娘、姨妈混杂。似乎应该整理。

燕：人文版是以庚辰本为底本的，我读的版本就是人民文学出版社 2005 年印刷的。从版本对比的角度，您指出的这些不同很值得探索。

燕：宗璞老师，您对秦可卿这个人物怎么看呢？无论如何她的地位不寻常。

璞：我认为秦可卿的出身是个谜。在书里是很重要的人物，简直是仕女班头。可是她的出身是从养生堂抱的。

燕：秦业同时抱的还有一个男孩，这个男孩后来死了。为什么要安排这样一个闲笔呢？

璞：秦钟呢，又是她的弟弟。

燕：是秦业五十岁上亲生的。这一连串关系挺怪的。是否当初抱一男一女，只为掩护可卿出身。旧社会造访养生堂者多抱男孩，总不能只抱一个女孩回家嘛。而且秦可卿、秦钟姐弟两个的名字都有个“情”。论谐音一个是“情可轻”，一个是“情种”——“开辟鸿蒙，谁为情种?”警幻仙姑向宝玉演示的《红楼梦》曲子词一开头就是这句。姊弟两个都美得不得了，却非如宝玉那般“情而不淫”。但这两朵开放在泥沼中的红罂粟又无疑是宝玉生命历程里的重要人物。宝玉对这姐弟俩的感情是：接受他们潜在善中的恶。

璞：这都放到秦家去了。

燕：《红楼梦》曲子词近结尾处，“好事终”一支，最后一句就是“宿孽总因情”。情，秦也。又与“秦业”谐音。

璞：起先读的时候，我就对秦可卿的出身地位感到扑朔迷离。要是照刘心武的考证，她是废太子的女儿。这样说可以增加阅读的兴趣，好像也增加了了解，使得人物更丰富了，是否真实不必考。

燕：周汝昌先生在《红楼别样红》中还认为秦可卿原型或许是废太子胤礽随康熙南巡时与当地民女的私生女儿，曹家指示“秦业”出面收养，在她长大后娶为家媳。如果从周先生这个立场出发，那么我认为“秦可卿”在“秦业”家的生活时间就是有限的，清贫的秦家不可能提供她那么好的教育和生活条件。可能她自童年起的大部分时光都是在曹家度过的。

可卿死后，只字未提秦业的悲伤。秦钟呢，在送葬回来的路上就找机会与小尼姑鬼混去了。有评价说雪芹惯用的写法是“隔纱照影”。书里没有明讲，但从字里行间就可见秦家与可卿的感情是淡的。你的葬礼再隆重，与秦家也无多大干系。你风光地去了，我们也尽了礼。从此在心理上就迅速摆脱隔离了。

还有，刘心武先生不是举出一个古本中，在周瑞家的给女眷们送宫花那回有首回后诗，最后一句即为“家住江南本姓秦”，意指秦可卿吗？

璞：这也很可能！有这么一说也能增加阅读的兴趣。

燕：也在周瑞家的送宫花那一回，人们还说香菱很有东府“小蓉大奶奶的品格儿”。香菱也是江南来的。会不会她和秦可卿两个还有什么深藏的血缘关系呢？

璞：哎，是有这样的描写。所以香菱的命应该是薄而又薄，才有代表性。香菱也是个很重要的人物。第一个出现的女儿。她的原名“甄应怜”，意思是“真应该可怜”。

燕：把所有的女儿都包括了。

璞：整个都包括在里头了。

燕：和尚说她“有命无运，累及父母”，实在是振聋发聩。这是说香菱，却更在说宝玉！是为无数有才无命的天下人歌哭。

璞：香菱是甄士隐的女儿。

燕：您认为甄士隐和江南甄家有关系吗？

璞：他无非是为了用这个“甄”字。真事隐去，假语村言。那个甄宝玉又正好要对着贾宝玉，也要用这个“甄”字。

燕：旗人是特别讲究规矩礼数的，现在北京人的言行做派还沿袭了这个特点。但《红楼梦》出现了四个直道而行的江南少女：黛玉、香菱、妙玉、晴雯。在四个南方女儿或娇憨任性或泼辣放诞的外表下，都蕴含着未曾浸淫过八旗礼数的“强直”气概。这想必是参照生活原型塑造出来的艺术原型。并且以黛玉为中心，这四个江南女子还结成了一张网。书中辟专文分述黛玉与妙玉、香菱的情谊，晴雯自然更不必说了。而她们的结局，也是惊人相似的。

除晴雯具体籍贯不明外，另三个女子都是如假包换的姑苏人氏。而老太太的侄孙女史湘云，这个以苏州织造李煦孙女为原型塑造的女孩子，其实也是从苏州来的。雪芹对姑苏女子竟如此偏爱，或许正寄托了他骨子里一缕幽远的情思。

燕：冯友兰先生又怎么看《红楼梦》呢？

璞：我父亲？

燕：是。

璞：啊，他是很喜欢的。他认为《红楼梦》的语言好。三等仆妇说出话来都是耐人寻味的，可以听的。

燕：但有些人的言语又特别地贫。如王熙凤。

璞：哈！

燕：王熙凤还不识字。

璞：这个，我觉得是一个缺陷。王熙凤自幼假充男儿教养，怎么能不识字呢？

燕：是不是由此反映了王家空白的文化传统？

璞：王家做到九省检点哪。

燕：他们也许很不重视家庭文化教育。

璞：王家人也不怎么样，比如王仁。不过他们官做得很高了。

燕：王夫人也没什么文化气质。贾家女眷口吐脏字的地方太多了，比起明末江南世家大族差远了。

璞：是不是因为她们是女性？

燕：但像王熙凤这样连字也不识太……是不是王熙凤的原型就是这样子呢？

璞：还有一个地方也是不合适的。薛宝钗进京来是为选秀女。

可她小的时候就有一个金锁，要“有玉的才嫁”，那应该从小就知道贾宝玉有玉的事。为什么还来选秀女，还住在贾家？有点矛盾。

燕：会不会薛家想着万一能选上秀女，前途就更光明了？要走元妃那条路。

璞：对，想走这条路，就不把金玉良缘放在心上了。等到走不通又回来了。哈哈！

燕：现在许多人对薛宝钗的印象好过林黛玉。如张宗子《彼岸的薛宝钗》，给我印象很深。

璞：我在哪里看见一句话，说是“我们虽然喜欢林黛玉，可是给儿子选媳妇还是选择薛宝钗”。

燕：从实用主义层面是这样。

璞：可是《红楼梦》的好就在这里。一个是在世俗社会里头很圆满，一个是离经叛道，整个人都不合流。林黛玉就代表了一种精神。人们喜欢黛玉是有原因的，在黛玉身上表现了觉醒的人格意识。某回宝黛口角之后，黛玉说我为的是我的心，宝玉说我也为的是我的心，这在中国小说史上是头一次有这样的对话，他们有自己的心。所以这两个人物光辉万丈，他们的爱情又是在知己的基础上形成的，更是感人。还有，为什么不少人喜欢探春？

燕：比起黛玉来，探春更容易博得大众的喜爱。

璞：她就有独立的精神，这在女子中是比较少的。

燕：探春有政治家风度。她说她要是男子，早就出去做一番事业了。在这点上她与祖母真是一个稿子。贾母如是男儿，也早出去立业了。大某山民评说：“贾氏孙男，俱从玉旁。探春玫瑰之名，恰有深意。”贾府四个女孩儿，只有探春有刺手的玫瑰之称，而玫瑰二字，又恰恰与同辈孙男一般从玉。可见探春竟有不让须眉之态，甚至比男儿都有出息。在探春“我若是个男儿，早出去干一番事业了，那时自有道理”的豪言壮语旁，脂砚叹息评点说，设若“探春”还在，曹家就不至落到如此地步。可见在曹氏家族，“敏探春”的口碑是带着传奇色彩的。探春竟有挽救家族的担当与魄力。

璞：林语堂在《凭心论高鹗》一文中戏言，程伟元应悬赏征求两篇文字，一是小红在狱神庙；一是卫若兰射圃，每篇一千美金。我建议还应再加一题：探春远嫁。多花一千美金。因为那是很值得写的。

燕：似乎您对冯紫英的印象不太好？我曾有个很长的考证，发在网上：第二十八回公子哥儿们聚会上，冯紫英以“女儿”为题说的酒令，酒底要“席上生风一样东西”，他说了“鸡声茅店月”——像个谜语，却遥应第六十二回探春对点射覆的“鸡窗”“鸡人”之典。都是席上的鸡肉，草蛇灰线，伏延千里。或许冯家相中探春才貌，“不拘正庶”地订过亲。但后来发生一系列变故，探春最终远嫁异乡。当然，这是我的一家之言。

璞：虽然我不能同意，但是有点意思。我总有个印象，冯紫英像跑江湖的。

燕：您是不是受后四十回影响？在高鹗笔下，冯成了掮客。前八十回倒不是这样子。不过冯紫英给人的总体印象不似卫若兰、梅公子，是仙品少年。顺便说一句，网上有人评价您小说《野葫芦引》里的庄无因就是仙品少年！

璞：卫若兰在前八十回没有现身。丢失的“卫若兰射圃”一定很好看。现在的描写只有喝酒看花，很少室外活动。想起《战争与和平》中描写的年轻人坐着雪橇到朋友家去，很畅快。“射圃”若不丢，就好了。

燕：贾府男儿在武事上已经退化了。

璞：但男孩子骑马、射箭还是要练的，不是贾兰还拿着小弓射鹿？也有可能是正因退化，所以描写少了。

燕：端木蕻良先生写过小说《曹雪芹》。他还有一本红学研究《说不完的红楼梦》。他有个重要观点：曹雪芹是“师楚”的，他的文化精神是从楚文化浪漫主义一脉下来的。我也认为，第十七至十八回贾宝玉陪父亲游览大观园时，特地说了许多《楚辞》里的名花异草，一定就有向屈子致敬之意。异曲同工的是，在您创作于上世纪七十年代末的中篇小说《三生石》里，男女主人公牢牢地被一块石头连在了一起。其实这也是“师楚”，呈现了一种浪漫主义大境界。

璞：无限意蕴在石头。红楼梦另外有个名字《石头记》，这个名字好。它点出了主人公的本来面目，包括降生在“花柳繁华地温柔富贵乡”以前的履历，“此系身前身后事”，而且这部书本身就是记在石头上的。也许有人要考证高十二丈，见方二十四丈的大石头，能记下多少文字。那就请便吧。从石头主人公，引出了一株草，引出了木石前盟的故事，使得宝黛的爱情更深挚更刻骨铭心。因为它是从前生带来的，是今生装不下的。若套“反面乌托邦”（王蒙语）的说法，它是“反面宿命”的。深情与生俱来，却没有带月下老人的红线。石头有玉的一面，家族与社会都承认这一面。玉是要金来配的，与草木无缘。木和石乃情之结，石和玉表现了自我的矛盾和挣扎，玉和金又是理之必然，纠缠错结，形成红楼大悲剧。曾见一些评论，斥木石金玉等奇说为败笔，谓破坏了现实主义，实在不能同意。

燕：无限诗意。这是中国文学传统里一类非常美丽的特色。外国文学的浪漫主义在空灵境界上似乎还差了一个层次。

璞：中西浪漫主义比较，是个大题目。《红楼梦》里面讲木石因缘，就是前生定的。书里写得非常明白，一个木石前缘，一个金玉良缘。世俗一方是要金玉了，可是宝黛的感情是前生带来的。这两条线非常地清楚。林黛玉一出场是多么隆重，完全表现了木石前缘的地位。高鹗在后面把这两条线抓得很紧，绝对没给他弄乱。紧扣住这一根本设计从不偏离，是续书的最大成功处。

燕：不过，我对宝湘结合说也能接受，觉得它能自圆其说。也许最后宝玉与湘云就是患难结合，那时已没有那么多浪漫主义了，他们是在艰苦中互相扶持走完最后一程。

璞：宝湘说有点画蛇添足味道了。本来宝玉对黛玉的爱情是非常真挚浓烈的："你死了，我做和尚"，后来果然是做和尚了。

燕：为什么黛玉说她记着宝玉"做了两回和尚了"呢？

璞：对……那无非是为了强调宝玉总把做和尚放在嘴边。要再加个史湘云，就成了"四角"，把宝玉的感情分去了。1987版《红楼梦》电视剧表现史湘云后来做了歌女，我认为不必嘛。她那个判词非常清楚："云散高唐，水涸湘江"，"湘江水逝楚云飞"，她就死了嘛。怎么还会加这么一段？水逝云飞人何在？所以她不见得能活过宝钗。本来史湘云是很可爱的女子，但是没有必要把她拔高，这没有道理。我是没有时间，身体也不行，想说的话不能系统深入。本来我是想写一个"史湘云的话"。

而且在"诉肺腑心迷活宝玉"那一回，袭人不是对湘云说"听说姑娘大喜了"？

燕：这当指湘云许配卫若兰事。

璞：其上回就是"因麒麟伏白首双星"。这很明白了，金麒麟与卫若兰有关，而非宝玉。

而且，就算在现实生活里确实有史湘云的原型，她和曹雪芹后来结为夫妇，也不必照样写到小说里。小说就是小说，可以有自己的布局，不是曹雪芹传。读小说还是要读小说本身。研究小说是另外一回事，叫作做学问。

燕：记得您自己在《三生石》前面也写过这样的话："小说只不过是小说。"

璞：而且贾宝玉最后离开家的时候是辞别母亲，仰天大笑而去的。他走后王夫人和宝钗都"不觉流下泪来"，这都写得够好的了。

燕：这段非常动人。"仰天大笑出门去，我辈岂是蓬蒿人。"——要是用李白诗意，宝玉是先要向世俗证明自己不是"蓬蒿人"，要先给父母的养育之恩一个安慰，一个交代。所以他参加了科举考试，是中完举人，再脱离红尘而去的。

璞：用李白的诗来解释宝玉仰天大笑出门去，不大合适。宝玉本不是蓬蒿人，他去考试中举是为了安慰父母，以报亲恩，不是为了自己中功名，而出门别家的行为也和功名无关，而是永别了的意思。他要去出家是他履行誓言，以酬知己。

后面他辞别父亲又是那样一个动人景象。多有人批评宝玉出家前拜别父母是败笔，我却以为这是最近人情处。这就行了，这人就走了，我们不再看见他了。他不会再从天上掉下来，"二进宫"的。

还有就是"宝钗早死"说。这说法不对。她应该死在宝玉后面才对。也许宝玉后来在外面死了，反正宝钗的命运一定是守寡才对。就是宝玉不在了。

燕：中国人认为出家还是不坏的结局。空门在中国文化里很带些仙风道骨云游世外的浪漫气息。高阳的小说《状元娘子》《印心石》里，女主人公们每当被逼入绝境时都想到以出家了之。虽然那之后的日子也很难保证清淡天和——看看智能、芳官就知道了——所以芳官一定会早早死去，重归天庭——到底“无待”也需要些许物质基础的。人说“托钵化缘”，真到了白茫茫大地一片干净时，那钵又何处可觅？总不至潇洒到心中有剑手中无剑的武侠小说境界吧。

璞：你看，有三段描写支持我宝钗守寡的看法：一、第二十二回“制灯谜贾政悲谶语”中，宝钗作的诗谜最后一句是：恩爱夫妻不到终。她的谜底是竹夫人，想来是竹枕一类，冬天就用不着了，不得长久。这是我从前看的《红楼梦》，不知是什么本子，我记得很清楚。现在人民文学出版社1982年出版的本子，这个诗谜没有了。照这个本子宝钗的诗谜是“更香”，照注解说也是要守寡的意思，不如“恩爱夫妻不到终”直接。我看的那个本子“更香”这个诗谜是黛玉作的。

燕：原来还有这一种说法。竹夫人与纨扇接近，都有“见捐”之意。①

璞：二是“琉璃世界白雪红梅”那一回目，大家穿的外套都很

① 燕注：回来后查吴世昌先生《脂残本和京本的底本中的其他问题》（载《红楼探源》，北京出版社2000年10月版），为这个问题提供了答案：在这里有一个很有趣的问题：脂砚共用过多少此书的抄本？为什么他要用这个本子？……他在1754（甲戌）年以前写第一期评注，在1754那年写第二期评注时，至少有一个，可能有两个抄本。此外，还有从1759（己卯）到1767（丁亥）继续用朱笔写评的一个本子。那“脂京底肆”，和从1767到1774（甲午）用朱笔写评的那个本子，即“脂残底”本。除了上述三个或四个底本以外，还有一个“脂京底贰”的底本……这条“暂记宝钗制谜”，即以“更香”为谜底的七古一首：“朝罢谁携两袖烟，琴边衾里总无缘……”，但后来各本都以此诗归黛玉。“脂晋”（丁亥——燕注）还有一条评论说：“此黛玉一生愁绪之意”。可见“脂京底贰”的底本，即人文社版所据之庚辰本。

好看，都是大红猩猩毡的，映着白雪一定很好看。唯有两人穿的不是红衣。一个李纨，一个宝钗。李纨穿的藏青色，宝钗穿的莲青色。李纨已经守寡了，这暗示宝钗将来也会守寡。这个我印象很深。

燕：您看得仔细，的确宝钗一直穿着朴素。

璞：对。还有第三点，就是她住的屋子，雪洞似的。贾母就给她收拾，拿点古玩摆一摆，还说年轻人不该这样。都说明她将来要守寡的。我觉得这很明确，高鹗续也是对的。因为宝钗将要守寡，宝玉是不可能娶史湘云的。

燕：说到大红猩猩毡，我认为高鹗可能在创作里融入了他搜罗到的部分雪芹残稿，所谓“细加厘剔，截长补短，”构成后四十回最华彩的乐章。在第五十二回有一段，贾母赏给宝玉雀金裘那天，“阴阴的要下雪的样子”，麝月就特意跟宝玉说，你穿那身大红猩猩毡去见老太太。到高鹗续结尾处，贾政在岸上微微的雪影里看到身穿大红猩猩毡，光着头的宝玉向自己下拜，神情似喜若悲。这前后是有呼应的。不但都是阴寒欲雪的天，而且还都是穿着大红猩猩毡的宝玉在长辈面前下拜。

不过张爱玲在《红楼梦魇》里说宝玉在当和尚后还穿大红猩猩毡是太阔气了。

璞：不能太现实了，本来是在雪地里头……

燕：红白相间很凄美。

璞：然后一僧一道夹着宝玉飘然而去。是很空灵的。

燕：不过，在曾经传给您的高鹗续里，宝钗递给王熙凤烟袋的描写，是一定出于高鹗自身生活阅历的。

璞：红楼梦中人抽烟，在你说这事以前，我真的不知道。是不是我看的那个本子没有这个细节？《儿女英雄传》中安太太和张金凤都是抽水烟的，很符合她们的生活。若是宝钗、凤姐都咕噜咕噜抽起水烟来，想想未免可笑。前八十回并无关于烟的描写，便是男士也没有抽烟的。这是高鄂的败笔。

燕：此外，在后四十回，刘姥姥一说起来就是“我们屯里”。“屯子”也是东北话。小时候我读过描写抗联斗争的儿童文学《小矿工》，那时就知道了这个词，所以一下看出来了。在前八十回，刘姥姥说的可都是“我们村里”，一字之差。

璞：后面四十回确实不是曹雪芹作的，但认为一些很好的描写是残稿也可以。不过后四十回的主线是正确的。幸亏有了这后四十回，不然你想想光有前八十回会是什么样子？

燕：以前还有过很多续书，都是千奇百怪的。

璞：对，那些续书是绝对上不了台盘的。幸亏有了高鹗续。纵然才情差一点，但还是功大于过。这个文本，它整体是好的。这么伟大的一部作品，是高鹗给成全了。现在有些红学家研究十分细致，设想也到位。但总的来说，谁也代替不了高鹗。

燕：紫鹃是个很完美的人物。

璞：她也是表现一种精神。护花主人评她“在臣为羁旅，在子为螟蛉”，她对黛玉那么忠诚。写她也正是写黛玉。黛玉有这么好的丫头正说明黛玉的为人。正如金圣叹说的“写林冲娘子所以写林冲”。但我不大喜欢晴雯，她对坠儿那么凶。晴雯是黛玉的影子，可黛玉是个小姐，所受的教育是不一样的。她使小性儿，但不能泼辣。《红楼梦》高就高在这儿，非常活。

燕：但黛玉、晴雯在总体上是一致的，作者升华了她们的共同点。

璞：还有一个谜团人物是薛宝琴，非常完美，很重要。

燕：十全少女，全书锁钥式人物……

璞：对于这个人物我有一些看法，她不只完美而且还很显眼，宁国府除夕祭宗祠就是从她眼中写出来的。她初到荣府就被贾母看中，想要她做孙媳妇。可是她不属于红楼十二钗，也看不出她的性格。西方文学批评有一种说法，说文学中有两种人物，一种是圆柱人物（Round Character），他们是复杂的、多面的、立体的。另一种是扁平人物（Flat Character ）他们是平面的、单一的。《红楼梦》绝大部分人都是前者，而我觉得薛宝琴近似后者，近似一个扁平人物。有人就《红楼梦》中的场景写了诗，如：黛玉葬花、宝琴扑蝶、香菱学诗、龄官画蔷、湘云眠石，这些场景都是活生生的活动。湘云眠石本来是一个静的画面，可是她是醉后才在石头上睡着了，嘴里还嘟嘟哝哝说什么，身上盖满了花瓣，这就显出她豪爽豁达的性格。睡着的人是活的。只有宝琴立雪不同，她好像定格在那儿，只是一幅画，看不出性格。黛玉葬花不能换成另外一个人去做这件事，因为这是由于她的性格来的。湘云眠石也一样。可是宝琴立雪就不同了，换一个人也可以有这个场景。寿怡红群芳开夜宴，宝琴也去了，可是没有写明她抽到什么签，别的重要人物可以用花的个性表现人的个性，宝琴的个性不鲜明，也就不好给她派什么花。但若说对宝琴的描写是败笔，也不对，她是很美的，只是像个瓷娃娃。

燕：您自己就写过很多小说。以作家的视角来切入《红楼梦》，所得必定是更细腻独特的。宝琴的确是个影子样的人物，我总觉得雪芹是想借她来表现什么。而且，她和林黛玉的关系非常好，黛玉把她当妹妹看。

璞：写宝琴深重黛玉，两人很亲近，是从侧面写宝琴，这是比较省事的写法，让人知道她大体上的倾向。有一个数学家，他写了不完整的后四十回。写到薛宝琴后来起义了。

燕：啊，那和林四娘一样了。

璞：她起义了，最后还嫁给了柳湘莲。

燕：在她自己作的诗里，有"不在梅边在柳边"。所以刘心武先生也提出过这说法。宝琴与梅翰林公子无缘，最终与柳湘莲结为夫妻。

过去还有一种续书，说是林黛玉起义了。因为第七十八回贾宝玉做挽词挽的那个青州起义的林四娘也姓林嘛。

不过我有种直觉，若非琴、黛之原型本为一人，就是琴在生活里原就为黛之幼妹。曹公笔下，字字辛苦不寻常。考黛玉本"目下无尘"，但竟赶着宝琴叫妹妹，而且"并不提名道姓，直是亲姊妹一般"。反观宝琴对她也是"亲敬异常"——其间虽顾及宝钗的面子，但这样的描写的确发人深省。很可能在真实生活里黛玉与宝琴本就是一对亲姐妹。为着创作需要，把她们分割开来，装点施染，化为两个无血缘关系的艺术原型。

据考"不在梅边在柳边"是《牡丹亭》杜丽娘的唱词。在第十七至十八回"大观园试才题对额，荣国府归省庆元宵"中，元妃省亲，点了四出戏，"所点之戏剧伏四事，乃通部书之大过节、大关键"。第四出即《离魂》。脂批："《牡丹亭》中，伏黛玉死。"

林黛玉、薛宝琴，她们之间似乎是存在某种深隐关联的。可又很难说得清楚。

璞：有一天，我看见郁金香的花瓣落满了桌面，觉得很感动，立时想起玉兰花落。中国诗词关于落花的描写很多，很美。"林花谢了春红，太匆匆，难奈朝来寒雨晚来风"。但林黛玉的"葬花"真是原创啊，从来没有人写过的。

燕：花魂鸟魂总难留。

璞：是不是有这么个情况？后四十回没有什么诗词，高鹗写不出来了。

燕：高鹗还中过举呢。但他专心研究的可能多是八股文，缺乏诗词上的灵气。《红楼梦》借宝玉道出了曹雪芹最深层次的自伤情结，正因“无材补天”，才会“幻形入世”。虽然身为举人的续作者高鹗无能体会这一点，但在后四十回里，贾母对贾政说“你小时候比宝玉还不务正业”，可见宝玉自有乃父基因。而在前八十回的最后部分，贾政心灰意冷之际回忆自己起初天性也是个诗酒放诞之人。

璞：第一百一十六回“得通灵幻境悟仙缘”中的描写也稍感凌乱。宝玉从此知道了众姊妹的寿夭穷通，渐渐醒悟。使我联想到有特异功能的不幸者，每日里见人的五脏六腑，未免煞风景。

后　记

本书不是先有了严密的理论体系与精细的写作大纲，再搜集过多资料进行连篇累牍的学术论证成书的，而是试图走一条洞隐烛微与文化博照相结合的新路，可称之为小型论文的集合体。这本书的体裁，有些像周汝昌的《红楼小讲》、王昆仑的《红楼梦人物论》，系从对文本的大量微观解读为起点，以从未被人留意的细节入手，凭着女性的直觉、犀利的目光与敏锐的识见，于没有文字的地方发现文字，缀网连珠、一针见血，切入对历史文化及红楼中人心理方位的考量，对历史传统、文化精神、人物气质进行观水观澜的博照。看似天马行空，实则还是以中国文化内在诗意逻辑为本，感性的直觉挥洒里包含着极认真的理性思索。

我读《红楼梦》的过程，是德里达颠覆式的解构阅读过程。是先读下面那些对红楼中名物诗文精彩纷呈的注解，方对正文发生兴趣的。这也是一件怪事。然后的境界，此处再一次敬引周汝昌先生的诗句，方可谓“百读红楼百动心”了。

研究总还要以祖国传统文化内在的诗意逻辑为经，才有根基。林黛玉的“前身”绛珠草，即民间所谓苦葴草，又名苦苏，《尔雅》

称为寒浆草。周汝昌先生说："它与林黛玉联在一起的缘由却在于它有一个极有趣的别名叫作'洛神珠'。据晋时崔豹的《古今注》记载，这个名字是长安儿童给它起的。我时常兴叹，那时长安儿童的文化水平真了不起！"

我是比不上长安儿童的！故拙作若能表现对中华民族传统文化精神大旨本意的敬意于万一，即吾之大幸也。

侯宇燕

寧國府寶玉會秦鐘